中日口譯必備工具叢書

增修版

本書將教你如何成爲一位
稱職的口譯員

蘇定東　編著

附MP3 CD

鴻儒堂出版社

增修版　序言　V

第一講　漫談口譯理論及其實踐方法　1

一、口譯種類　2

二、成為優秀口譯員的條件　4

三、逐步口譯的難處與解決方法　13

四、逐步口譯的訓練方法　16

第二講　逐步口譯的單句演練及應注意事項　23

一、單字轉換傳譯練習　24

二、專門術語轉換傳譯練習　30

三、單句轉換傳譯練習　56

CD　四、段落轉換傳譯練習　74

第三講　如何做好司儀及各種宴會場合的逐步口譯工作　93

一、司儀口譯應注意的事項　95

CD　二、司儀口譯實際演練範例　99

CD　三、各種宴會場合致詞的逐步口譯演練　122

CD　四、常見司儀及各種宴會場合逐步口譯用例寶笈　139

第四講　有稿逐步口譯演練及應注意事項　147

CD 一、政治類別逐步口譯演練　149
CD 二、經貿類別逐步口譯演練　196
CD 三、產業類別逐步口譯演練　207
CD 四、科技類別逐步口譯演練　225

第五講　無稿逐步口譯演練及應注意事項　237

CD 一、儀式性致詞－無稿逐步口譯演練　239
CD 二、拜會、接見－無稿逐步口譯演練　246
CD 三、研討會、會議－無稿逐步口譯演練　260
CD 四、演講、專訪－無稿逐步口譯演練　270

參考書目　291
作者簡介　292

增修版 序言

在全球化及科技日新月異的時代，未來許多工作極有可會被AI（人工智慧）機器人所取代。翻譯機器人已然問世，並在各大國際機場提供諮詢及導覽服務。不過，類人型的人工智慧機器人，要完全取代傳統的以人為主的口筆譯工作，預估還需要相當時日的研發才能達成，所以我輩語文學習者或靠語文專業工作者，應該還有幾年的榮景。

然而，在高度競爭的時代中，僅有一技之長者，已難安身立命。因此，每位現代人至少均要具備一項以上的專長，如能加上語言上的專才，尤其是擁有精湛的外語能力，才有機會出類拔萃。再者，將來有志於語言工作者，如能具備專業的傳譯或筆譯能力，相信光憑此項專長，應可養家活口安身立命絕無問題。

目前國內日文系所及相關語文科系，為顧及學生將來的出路，幾乎均開設有口譯課程。然而，在大專院校教授口譯課程的老師，本身鮮少有口譯實務經驗，上起課來難免隔靴搔癢不切實際。其次，口譯做完即告結束，要將其形諸於文字，本身已不是單純的口譯工作了。故截至目前為止，僅有少數的口譯相關書籍問世，但真正可做為教材的書籍，恐怕少之又少。

筆者從事口筆譯工作及口筆譯教學二十餘載，常感於無一套完整且有系統的口譯教材，可提供學習者參考運用。故筆者不揣淺陋，藉此拋磚引玉，將日常工作所接觸到的口譯內容，分門別類加以整理，除忝附中日兩種語文

的口譯範例供作參考外，並盡可能加上相關註解，希望能提供有志於口譯工作者學習參考。

本書，增修版「中日逐步口譯入門教室」，初版係在2009年出書。此次增修再版，除維持原書籍編排的骨幹架構外，抽換許多過時的示範題材，以求能改頭換面脫胎換骨，以新的面貌問世，而非只是翻印再版而已。但受限於篇幅上的制約，本書僅以介紹中日逐步口譯為主，至於中日同步口譯部分將獨立成冊，另以專書介紹。此外，書中所示中日對照傳譯示範部分，純係個人慣用的翻譯法，其中部分譯法或許見人見智，容有不同見解亦未可知。敬盼各界先進秉相互切磋之意，不吝指教及鞭策為禱。

本書，增修版「中日逐步口譯入門教室」，此次睽違八年得以新面貌再版重現江湖，完全要感謝鴻儒堂出版社黃成業董事長，在出版界一片蕭條、慘淡經營聲中，堅持其一貫的理念及信仰，希冀能對廣大的日語學習者，提供更多的選擇，方得以重新面世。對鴻儒堂出版社的熱忱支持及編輯群和桶田宜加小姐的精心校對，筆者謹藉書面一隅，再度表示由衷感謝之意。

蘇　定東　謹識

二〇一七年五月

第一講

漫談口譯理論及其實踐方法

首先，歡迎各位讀者進入「中日逐步口譯入門教室」的世界，要談口譯技巧及進行相關演練前，必須先瞭解口譯的種類、口譯的原理與秘訣及一位稱職的口譯員，需要具備何種條件？以及口譯員的訓練方法為何？

以下，筆者將就上述問題做一說明，希望學習者能對口譯有一粗淺的概念。

一、口譯種類

口譯，共可分逐步口譯（C.I→逐次通訳）與同步口譯兩種（S.I→同時通訳）。

在遠古時代，不同部族間的往來，早已經知道要用多層次轉譯的方式來進行溝通了。事實上，每一個人在日常生活中，或多或少都曾有過傳譯的經驗，只是不認為那是在做傳譯罷了。譬如說，老祖母聽不懂國語，當在跟操國語的人士講話時，身旁的孫子可能需要將其轉譯成台語或客家話之類的才有辦法溝通，這就是逐步口譯，也就是傳譯的工作性質。當然，逐步口譯又可分正式與非正式的場合，像前面所舉老祖母的例子，就是屬於非正式的場合。另外，像我們常在電視上看到國家元首在接見外賓時，中間坐著一位傳譯唸唸有詞，扮演雙方溝通者的角色，此種情形即是正式場合的傳譯，亦是目前筆者所從事的工作。簡單而言，**傳譯工作就是扮演兩種不同文化溝通者的角色，有人戲稱是語言轉換的魔術師**。筆者則自詡，口譯是語言、文化彙整串流的領航員。

逐步口譯依性質的不同，大致上又可區分為「會議傳譯（会議通訳）」、「談判協商傳譯（協議通訳）」、「商務傳譯（商談通訳）」、「法院傳譯（法廷通訳）」、「隨行傳譯（エスコート通訳）」、「娛樂傳譯（芸能通訳）」、「體育傳譯（スポーツ通訳）」、「導遊傳譯（ツアーコンダクター通訳）」等幾種。

同步口譯也叫做即時傳譯，大部分的同步口譯需要透過耳機等設備來進行。同步口譯既省時又可以同時譯成多種語文，又能替衆多的聽衆服務。但同步口譯仍有些許缺點，諸如需耗費相當的人力、物力，以及稱職的口譯員難覓、準確度較低、容易引起誤會、保密程度較低等問題。即便如此，由於方便省時，國際會議大致皆採用同步口譯的方式進行。慣用同步口譯方式進行的會議，基本上有下列幾種情形：「國際會議（国際会議通訳）」、「即時重大新聞傳譯（放送通訳）」、「多語言接力傳譯（リレー通訳）」、「耳語傳譯（ささやき通訳）」等幾種。

有關同步口譯的性質及其相關訓練方法，請參照筆者另一本專書「同步口譯入門教室」（鴻儒堂出版社發行），本書將不再著墨。

二、成為優秀口譯員的條件

很多人都非常崇拜口譯員出神入化的語言轉換能力，認為一位出色的口譯員，不啻是「語言的魔術師－言葉のマジシャン」。然而，稱職又出色的口譯員，究竟要具備何種條件才行？以下，僅就個人淺見，簡單歸納如后：

（一）精湛的雙語能力（優れた双言語の能力）

顧名思義，口譯是從事語言轉換的行業。想當然耳，首先必須要精通中日兩種語言才能勝任。不但是中日兩種語言的功力要超乎水準，雙文化的修養也要高人一等才行。所謂雙文化的修養，就是徹底瞭解中日兩種語文的文化背景及社經情況，尤其是兩種不同文化的差異性及其共通性何在。**要提醒日語為非母語的學習者，如果中文不好，則日文再如何苦讀，進展仍極為有限**。所以，平常應從多閱讀及訓練自己的口語表達能力及強化中文的書寫能力著手。

另外，**優秀的口譯員並不是鸚鵡學語，而是精明的語言理解者**（優秀な通訳者は鸚鵡返しではなく、言葉の理解者でなければならない）。如果要讓筆者以一句話來歸納口譯的最高指導原則，即口譯的心法，個人認為就是要「得意忘形」。此亦是個人口譯工作時的座右銘，那就是要「譯意莫譯詞－言葉より中身」。況且，翻譯有兩個層面，一是語言，二是文化；譯好字面上的語言，不等於傳達了正確的文化意涵。因此，希望有志於口譯工作者，日常生活中能從聽得懂別人所要傳達的訊息著手，培養該方面的敏感度（センス），如此或有可能做到不漏痕跡又可傳達對方弦外之音，臻至出神入化的「譯神」境界。

不過，在筆者傳譯工作的過程中，常會遇到懂日文又自以為官大學問大的長官，愛批評指教剛剛哪一句漏翻，或為何幫講者的話修飾的更漂亮等質問。個人往往懶得辯解，只能籠統的回答傳譯工作是「人間技、而非神業」，也就是說是人做的工作，而非神做的工作，凡是人做的事情，一定有出錯的時候。另有些長官喜歡對照式的翻譯，一字一句均要能顯現出來才叫翻譯，可要真照這種方式去做傳譯，往往會詞不達意，支離破碎，不知所云。因為，中文與日文原本結構就不同，無法硬做語文的搬家傳譯（通訳は、言葉の引越しではありません）。

（二）學識淵博（幅広い知識、マルチ人間）

口譯工作的內容包羅萬象，上至天文下至地理，有人甚至開玩笑講，下至子宮上至外太空都要懂，可說是五花八門無所不包。所以**稱職又優秀的口譯員，需要無時無刻進修，隨時吸收新知、隨時充電，彷彿在自己的頭頂上裝了一具碟型天線**（パラボラアンテナ），**需要時時刻刻接收新知**。口譯員必須使自己變成所謂的「通才（マルチ人間）」，即使不是真正的專家，也要想辦法讓人聽到你的口譯內容，像是半個專家（半人前のプロ）在做口譯工作。知識不見得要專精，但是常識一定要廣博，所以常需要開夜車猛K資料（通訳の仕事は時には一夜漬けの勉強も必要）。臨時抱佛腳，對口譯工作是絕對必要的。

不可諱言，口譯工作要能順暢無礙，需建立龐大的單字庫，其中包括各種不同領域的單字，以及正確無誤的各種專業術語的講法。筆者向來主張單字的背誦，倘能用聯想的方式（言葉の連想ゲーム），即由一個單字串連到其他類似意思的單字，再推廣至其他領域，不斷衍生出新的單字，並且常在腦海中反覆練習，或與同好進行類似的聯想接龍遊戲，當能寓教於樂，收事半功倍之效，且假以時日會發現自己懂得許多領域的單字。

總之，口譯工作者需要建立自己的單字庫，在腦海中形成單字的網絡，隨時抽取存放自己所需要的字彙。此可參考筆者另一本著作『常見中日時事對照用語』－鴻儒堂出版社發行。該書將各種不同領域的用語分門別類整理，相信對有志於口譯工作者，將可提供些許的參考價值。

後面篇幅，筆者將對「言葉の連想ゲーム」，再做一扼要介紹。

（三）短期記憶力超強（短期間内の記憶力が強い）

在筆者從事口譯工作的過程中，最常聽人讚嘆的就是你怎麼記得住那麼多內容，你是怎麼辦到的，有沒有什麼特別訓練方法？事實上，只要專心做一件事情，往往能爆發出驚人的潛力。口譯員在工作時，看似雲淡風清、輕鬆自在，其實分分秒秒都全神貫注，腦海快速的在反芻講者每一句話的涵意，以及在思考如何將它正確無誤的傳譯出來。

除了超強的記憶力外，紮實的筆記是逐步口譯能否完美演出不可或缺的要件。筆者的經驗是講者用中文講時用中文作筆記，用日文講時則用日文作筆記，此一用意在於做筆記時，不需要在腦海中將A語言轉翻成B語言，如此可節省時間專心做筆記，亦較不會分心。待講者講完一個段落後，再根據自己所做的筆記，好整以暇轉譯成另一種語言即可。所以說筆記做的好、做的完整，逐步口譯的工作已經完成一半了。不過，確實有的時候自己所寫的字自己也看不懂，因為搶時間做筆記的字跡都很潦草凌亂。

當然，所謂短期間內的超強記憶法，還是可以經由訓練（記憶力(きおくりょく)のトレーニング）來達成。諸如，在坐公車或捷運或日常逛街時，可在腦海中覆述所見過的招牌或事物，長期以往除可培養自己敏銳的觀察力之外，相信對記憶力的提升亦能有所助益。其實，講者如果講話邏輯性強又有條理，我等在做傳譯時自然較為輕鬆，也較能記住講話的重點。但這是可遇不可求，從來都是講者選擇口譯者，而口譯員無法選擇講者。所以，所謂短期間內的記憶力強，除取決於講者講話是否條理清晰外，也要靠口譯員理解講者講話的真意及對講話內容歸納的能力。

（四）能承受壓力，具有挑戰精神（プレッシャーに耐(た)えられる、チャレンジ精神(せいしん)が強(つよ)い）

傳譯，是一項具有高度挑戰性的工作，尤其是逐步口譯往往需要抛頭露面，在大庭廣衆之下工作。所以從事這項工作的人，需要用勇氣來克服內心的恐懼，用膽量來接受外來的挑戰，還要有智慧解決所面臨的困境，當然更要能陶醉及享受在工作中的樂趣。**口譯員，是帶有某種表演成分在內的語言文化工作者**。

記得筆者剛進入這個行業時常緊張拉肚子，而且是隨著重要性的增加，拉的次數也會跟著增加。可見緊張與壓力是有絕對的關係。後來自我調整，不斷的告訴自己在工作時要保持從容不迫的態度，要讓人有口譯員不慌不亂、游刃有餘的感覺，如此才能贏得信賴，經過慢慢的調適，最後才能適應這種高壓的生活，而不至於神經衰弱了。

口譯工作適合有表現欲的人，適合善與人溝通且具有勇氣挑戰新鮮事務又願意積極學習的人。歡迎有更多具備上述特質的人士，加入口譯此一行列。

（五）要有責任感及服務精神（責任感があり、サービス精神がある）

任何工作都需要有責任感，不唯獨口譯工作而已。只因口譯工作或有可能接觸到極機密的東西，因此口譯員更應該堅守職業道德，除口風要緊、身段要柔外，而且還要有服務精神（サービス精神）。口譯員要有一個認知，即使功力再強，才思敏捷，表現的無懈可擊，但無論如何都只能擔任配角（脇役），無法成為主角（主役）。所以口譯工作者要有為人作嫁衣裳，成功不必在我，甚至要有讓人用完即丟的覺悟，不然有時會心理不平衡。

要以口譯為專業工作的人更應該要注意，有時不是自己能力好就有工作機會，往往是要先會做人才有事做，所以與同業或口譯設備公司保持良好和善的關係尤為重要。其中，除與人為善外，在口譯工作中能主動關注到細節又能提供貼切細膩的服務，相信都會讓人印象深刻，自然下次有口譯機會人家就會想到你了。千萬不要自視甚高，露出一副唯我獨尊的高傲樣，如此將在無形中得罪許多人，失去磨練精進的機會。畢竟，這是共生的社會，能相互協調合作，才是成熟的社會人，不是嗎？

（六）口齒清晰（歯切れがいい）

口譯員是靠「賣聲」過生活，所以基本要求就是要能口齒清晰，並且盡量使用淺顯易懂（優しい言葉）的方式來進行口譯工作。事實上，在口譯工作上，講者（スピーカー）有權選用哪一位口譯員，但口譯員並無權篩選講者，這就是買方與賣方的宿命。在筆者多年的口譯實務經驗當中，曾碰過許多位高權重，卻又語焉不詳，不知所云的達官顯要。碰到此種情形，亦只能盡量修飾，至少講話不要前後矛盾，而口譯員也只能臨機應變，盡心盡力，自求多福罷了。結論就是，如果講者語焉不詳，講話邏輯差又前後矛盾，即便是神通廣大的口譯員，恐怕也是神仙難救無命客了（台語）。

（七）語言表現能力（優れた言語表現力）

傑出的口譯員，不但要將說話者的字面意思準確到位的傳譯出來，更要能模仿講者的語氣口吻，連講者的內心情緒也要能唯妙唯俏的充分表現出來。例如，講者慷慨激昂，口譯員卻平淡無奇，即便翻譯的內容正確無誤，這樣的口譯員也不能算是稱職的傳譯。口譯員是在不斷「飾演」講者的角色，所以要能夠扮人像人、扮鬼像鬼，因此語言上的表演能力（言語のパフォーマンス），是決定其成敗的關鍵因素。

口譯員要怎樣才能達到這種境界？除了要有幾分模仿天分外，相信後天的觀察練習是不可或缺的。筆者擔任國家元首日語翻譯官多年，由於長期觀察並仔細聆聽其政策、想法，大多數時候對其要講的內容多能瞭如指掌，預測十拿九穩，但這不是變魔術，而是完全仰賴長期觀察、揣摩而來的成果。

（八）臨機應變的急智反應能力（臨機応変的なウィットを飛ばす力）

如前所述，講者可以選擇口譯員，但是口譯員卻無權選擇講者。更何況每一個人的口語表達方式不盡相同，有人簡單明瞭，邏輯清晰，有人語焉不詳，不知所云。在筆者的翻譯官生涯中，曾有多次靠急智解決的事例。例如，陳水扁前總統正式接見外賓，有時喜歡夾雜台語的俚語、俗語，常會讓傳譯嚇出一身冷汗。記得在「入聯公投」與「返聯公投」鬧的不可開交的時候，阿扁總統曾在接見的場合，批評當時的在野黨「拿香對拜，擱拜左反」（台語），相信有人會覺得你也幫幫忙，怎麼講這種話，這是要如何翻？但這就是傳譯的宿命無法逃脫，還是得想辦法變出來才行。記得當下筆者不假思索，脫口而出翻成「猿真似さえもできません」，其中既無香也無拜的字眼出現，這也就是前面所提到的「譯意莫譯詞」及「得意忘形」的意思。

另外，像馬英九前總統很喜歡講冷笑話（駄洒落）。例如，有一次日本牛尾電機公司牛尾社長來訪，送客時對方禮貌性地說，未來希望有機會在日本接待總統閣下到訪，殊不知馬總統聽到後，不知是玩興大發還是

要刻意酸一下賓客（我國現任總統無法訪日），竟然脫口而出說，那我們就有機會牛頭馬面二次會了。聽到這個真是會讓人面露三條斜線，還好拜平常喜歡看雜書，筆者也以輕鬆的口吻譯出，「そうなりますと、牛頭馬頭の再会ですね」。

至於，現在的蔡英文總統國事如麻，說話較為謹慎又喜歡照表操課，依幕僚提供的談參講話，有時講話中會帶些許美式幽默，但還沒有非常突兀的語言表現。或許假以時日，也會有出人意表的說話特色也說不定。所以，口譯工作者是要有一點急智反應的本領才可以的，而這一部份有時是可遇不可求訓練不出來，沒有辦法要求所有口譯員都具備這樣的能力。

（九）態度與儀表（姿勢と格好）

前已提及口譯工作者僅是配角，應將焦點留給主講者，安於扮演幕後英雄的角色（縁の下の力持ち）。口譯工作也是服務業，除應以客為尊，提供最佳服務之外，態度更是要能不卑不亢，謙恭有禮，而且儀表要端莊，切忌奇裝異服。尤其是逐步口譯更是如此，因口譯員亦是代表主辦單位或公司的形象。總之，擔任逐步口譯工作時，除要衣著端莊得體外，還要予人一種從容不迫，游刃有餘，信心十足的感覺。

逐步口譯型態多樣，其中的司儀傳譯或大會主持人，更是注重儀表及態度，切不可輕忽外觀。行其事，必先正衣冠，相信這也是尊重自己專業的一種表現。

（十）事前準備功夫（事前の準備作業）

口譯工作者，除要有責任感及敬業精神外，做好事前的準備功夫為工作順利的第一步。盡責的口譯員在接到口譯指令後，往往就開始先自尋煩惱起來，會事先設想雙方會談什麼話題，事先作好準備及確認專門術語的用法無誤，並熟讀相關的資料。記得筆者曾為相樸選手來台表演事宜，事前上網收集相樸的相關用語，臨陣磨槍後仍可派上用場。筆者又曾為台日漁業談判，詳讀各種魚類名稱及各種魚獲捕撈法，以及為台日駕照相互承認，研讀日本道路交通法的各項法規。總之，一位稱職又出色的口譯員，必須經常砥礪自己不斷的進修，必須要有強烈的求知慾，不斷學習新知（絶えず勉強すること），這才是口譯工作品質的最佳保證。

以上，除就口譯員應具備的條件概略性的歸納外，對於口譯員的人格特質，筆者僅簡單歸納如下，供讀者諸君參考，望能搏君一笑。

◆ 口譯員的人格特質：（通訳者の性格的な特色） ◆

萬事通、臉皮厚、心臟強、度量大、

外型酷、口風緊、反應快、體力好、

身段柔、服務佳

マルチ人間、鉄面皮、心臓が強い人、スケールが大きい人、

格好がいい人、口が堅い人、頭の回転が速い人、体力がいい人、

柔軟性のある人、サービスがいい人

三、逐步口譯的難處與解決方法

每一種行業都可能有職業病，口譯工作最普遍的毛病就是消化系統的疾病、聽覺疾病、高血壓、失眠、神經衰弱、精神疾病等症狀。解決的方法唯有靠成熟的人格，以及喜歡享受臨場表現的那一種緊張刺激與責任的雙重壓力，似乎是有一點自虐，然而事實就是如此。前面已提及口譯員不是主角，充其量只不過是配角而已，但是缺乏口譯員的從旁協助，很多會議的進行或者國與國間的溝通根本就無法進行，所以口譯員要充分體會自己是在扮演幕後英雄的角色（縁の下の力持ち）。雖然重要，卻無法強出頭。

口譯是公認難度極高的工作之一。然而究竟難在哪裡？這可以分成兩個部分來講，一般性的困難處，包括要記住一段又一段的談話內容，然後又要毫不遺漏地複述（逐步口譯），或邊聽邊講與時間賽跑（同步口譯），又要長時間在高度壓力下工作等。

特別困難處則在，每次都是不同的情境與內容，需不斷吸收新知識又要經常靠急智反應才能解決問題。即使口譯員水平極高又做足準備功夫，也無法保證講者所講的每一句話都能如實的翻譯出來。筆者常對人講，口譯工作是人做的，不是神做的（通訳の仕事は人間業であり、神業ではありません），所以鮮有百分之百完美無瑕的傳譯。但當偶爾聽不懂某一個詞的意思，無法傳譯又無法停頓時，這時該如何是好？通常可以採取下面幾種策略：

（一）猜－根據上下文、邏輯關係、講者的背景、立場去猜測，像做填充題那樣補足文面上的意思。但有時也會猜的離題甚遠，完全風馬牛不相及。筆者個人就曾有過這樣的慘痛經驗，至今永難忘懷。

話說2008年520政黨再度輪替，總統就職大典當日中午，馬總統以台鐵便當款待日本慶賀團一行，日方團長因中風尚在復健中，所以講話含糊不清，筆者在傳譯過程中漏聽一句話，誤將渠講的「希望四年後的就職演說中能提到日本」，誤譯為「希望四年後總統能以更流利的日文與日本賓客會談」。事後經日本產經新聞報導出來，指出傳譯誤譯，無法傳達日本真正的期待。隨後國內媒體轉載，紮實的將筆者修理了一頓，並且差點造成外交上的糾紛。

事實上，便當會結束後，馬總統還要筆者向日方團長致意，要其保護喉嚨，筆者斯時就跟總統報告，渠並非因喉嚨不好才聲音沙啞含糊，而是因中風還在復健當中，所以講話才會含混不清。但是，一經媒體揭發，傳譯也只能概括承受（肩代り（かたがわ）），承擔一切苦果，有苦往肚裡吞，又無法到處嚷嚷，畢竟傳譯也是人，凡是人都有犯錯的時候。

（二）跳－避重就輕，暫時不把個別有問題的詞句翻譯出來，而是繼續翻譯下文，等到敢肯定該句話的意思時，再補充說明。非關緊要的部分，漏譯或刻意跳過並不會引發注意，可是往往聽不懂的部分或沒注意到的部分，甚至因講者發音問題而聽不清楚的部分，卻又都是重要的部分。如前所述，口譯員只能概括承受，把挫折當作是成長的動能罷了。

（三）讀－尤其是對於地名、人名，一時想不起來或不知其真正的譯名時，可照原文的發音唸出來。此外，像專門術語，有時照原文的發音唸出來反而節省時間，一來與會者都是該領域的學者專家，二來也可掩飾自己不曉得真正譯名的尷尬。

（四）問－如果是逐步口譯，口譯員聽不清楚講者發言的內容，特別是關鍵字（キーワード）或數字時，可以反問講者，請其重講或解釋。通常情非得已，口譯員不會這樣做，一來會妨礙整個流程及節目的進行，二來會讓人產生口譯員信心不足的疑慮。當然某些正式場合，是不適合口譯員發問的，如前面筆者所介紹的個人失敗經驗，就是不適合發問的場合，只能硬著頭皮翻下去。可是，像在做談判或法庭傳譯時，不會或聽不清楚時一定要問才行，因為一個誤譯都攸關重大，絕對不可打馬虎眼，想要蒙混過關。有道是：「知之者為知之，不知者為不知，是知也」。

四、逐步口譯的訓練方法

讀者或許會問，非科班未接受正式口譯課程訓練者，可否有一套訓練方式，讓自己可以進入此一領域？抑或是只憑自學，土法煉鋼的訓練，能否成為一名口譯員？筆者的答案是「天下無難事，只怕有心人」，有志者事竟成，只要下定決心，任何人都有機會一窺口譯世界的堂奧。當然，萬事起頭難，等讀者諸君自我揣摩稍有心得後，也才會發現講自己的話與翻譯別人的話，是完全不同的兩回事。

以下是逐步口譯自我訓練的幾種方法，茲歸納如后，以供讀者參考。

（一）跟讀練習（シャドーウィングトレーニング）

口譯工作的一大難處，就是要牢記講者的話，此種跟讀練習的目的，在於可鍛鍊短期間內的記憶力。實際練習方法為，請人用母語對你講話，對方講一句話停下來，你再盡可能一字不漏的重複。可先從內容淺顯的短句開始進行，逐漸加深內容長度及難度，並且加快講話的速度反覆練習。

另外，諸如在看新聞播報或影集時，也可在腦海中跟隨默唸，看能不能跟上速度又能大致無誤的跟讀上講者的口白內容。亦即，下意識的只憑耳朵聽聲音，即能跟上講者的講話內容，既可訓練注意力又可培養記憶力。此一階段的練習，可藉助錄音機或電腦進行練習，待能跟上速度後，再用日語進行跟讀練習。即一開始用語母進行シャドーウィングトレーニング（跟讀練習），等一切都能跟上速度及可大致完整的將內容重複時，再用日語進行跟讀練習（做法與中文的跟讀練習一樣，看日文影片或報導進行跟讀練習），直至練習到能跟上速度及完整無誤的將內容重複時為止。

（二）延遲跟讀練習（遅延シャドーウィングトレーニング）

在上述中日文的跟讀練習順利過關後，可先從一分鐘長度的內容練習起，就是放一分鐘的錄音帶，可邊聽邊做筆記，待一分鐘過後再用中文或日文複述相同的內容，等沒問題後再將其轉譯成中文或日文。以此類推，先從一分鐘，慢慢延長至三分鐘、五分鐘、七分鐘、十分鐘、十五分鐘、二十分鐘後，再停下來轉譯成另一種語言。當然此時若能將自己翻譯的聲音錄下來，等結束後再核對一下自己翻譯的準確度如何會更好。其實，實際上的逐步口譯就是這樣的步驟在進行，所以此一階段的演練已進入實戰階段了。

（三）自言自語（独り言練習法）

口譯講究的是說話能力，此項表達能力包括說話要得體，具有歸納總結別人談話內容大綱的能力，以及確實能聽懂說話者想要傳達訊息的能力。因此，有志於此項工作者，平時可利用搭車或沈思時，以母語或日文用自言自語的方式（最好不要發出聲音，以免被誤會為神經有問題），形容周遭的景物或對車廂內人物觀察的描述演練，長此以往，相信對說話或敘述事情的能力會大有幫助。

（四）閱讀傳譯（読みながら通訳練習法、視訳練習法）

口譯有時講者會先提供講稿，此時當然應事先翻譯好備妥，以備講者照稿演出時可派上用場。口譯員最怕的是講者有稿，而口譯員手中無稿。但是，有一種情況是到了現場主辦單位才提供講稿。因此，有志於口譯工作者，應具備臨場能將中文稿翻成自然的日文，以及將日文稿翻成流利中文的能耐。

讀者平常可將報紙上的社論或專欄，或某些特別報導或專題報導，邊閱讀邊將其翻成日文或中文。在練習的過程中，讀者一定會發現自己所知道的單字數量實在太過貧乏，能運用的文型又過於貧弱。所謂學然後知不足，也唯有通過此項考驗後，才能體會口譯員養成過程中的辛酸。

另外，建議學習者每天還可抽出15分鐘左右的時間，選擇日文報紙的社論或整篇的文章或報導，發出聲音來進行朗讀訓練。同樣的也可以相同的方法找尋好的中文文章發出聲音來進行朗讀訓練。一方面可讓自己在講話時更加順暢不至於結巴，二方面也可間接強化自己的中日文程度。當然，在過程中碰到不會的單字或讀音時，一定要查清楚、弄明白才行。

（五）干擾傳譯（邪魔通訳練習法）

逐步口譯的工作環境，不見得都是安靜無聲，有時周遭鬧烘烘、熱鬧非凡，有時周遭可能還有音樂或其他吵雜的聲音干擾。因此，口譯工作者還要有一個能耐，就是處變不驚，臨危不亂，無論任何吵雜的環境都能集中注意力，不受外在環境的干擾。所謂「干擾傳譯」，就是在進行傳譯訓練時，故意製造吵雜的音效，看口譯員能否不受影響，又能冷靜準確的將內容翻譯出來。因此，讀者諸君在做練習時不妨製造一些特殊效果，看自己是否有辦法集中注意力，專心一致的將口譯內容翻出來而不會抓狂。

（六）摘要傳譯（ダイジェスト通訳練習法、掻い摘んで通訳練習法）

前已提及，傳譯工作重要的是要能聽懂講者真正要傳達的訊息。有時講者滔滔不絕，講的沒完沒了，翻譯時卻要你摘要性、重點傳譯即可。既是服務業，反正以客為尊，客戶如此吩咐，也只能照辦。因此，讀者平常可用篇幅較長之專題報導為題材，將之濃縮成三分之一，甚或十分之一的量來進行中日文的轉譯練習。此外，平常講話也盡可能不要重複，能夠提綱挈領，用切中要害的方式來敘述，相信這對口譯工作，絕對有正面的幫助。亦即，口譯工作要能化繁為簡，簡潔又要能切中要害。

（七）數字傳譯練習（数字通訳練習法）

人很奇怪，再難的內容都有辦法理解傳譯，可是往往碰到數字卻又束手無策，反應不過來。在口譯場合我們常會聽到口譯員將數字弄錯的情形。因此，平常需進行數字的傳譯練習。具體的作法是請朋友幫忙，由其唸一大串數字，且速度不可太慢，看能否迅速又正確無誤的將其傳譯出來。此一方法，亦可訓練口譯員的反應速度，對活化腦力有絕對的幫助。不過，實際練習後才會發現原來看似簡單的部分，也常是最容易犯錯的部分。

（八）詞彙傳譯練習（語彙通訳練習法）

隔行如隔山，口譯員往往不具備理工方面的背景，因此經常反覆練習專門術語的詞彙轉換練習便變得很重要。諸如，政治、經濟、社會、環保、醫療、科技、軍事等範疇的詞彙練習。具體的作法可將自己所收集的字彙庫，分門別類整理後，隨時複習中文如何講？日文如何講？亦即，平常腦海中即要庫存許多不同類別的專門用語以備不時之需，而且又要能常常反覆練習，才不會書到用時方恨「忘」。在練習時，將自己的單字筆記本遮住一半，如只看中文的部分，將其轉譯成日文，或只看日文單字的部分，將其轉譯成中文。經常做中日兩種語文的對照轉譯訓練，在需要時才能呼之即出，不至於卡彈而有口無言了。

（九）筆記練習（ノート取り練習法、メモ取り練習法）

前面已約略提及，逐步口譯能否圓滿順利進行，其中有極大的比例，端看口譯員的筆記做得是否紮實。許多從事口譯工作者都沒有速記的訓練背景，寫字的速度又跟不上說話的速度，那筆記要如何做才好呢？

每一位口譯員都有自己獨特的做筆記方式，有的人用只有自己才看得懂的符號，有的人去頭去尾留中間只記重點，其餘則仰賴記憶力。不管用哪一種方式，口譯員一定要摸索出自己做筆記的方式與訣竅。黑貓白貓，只要會抓耗子的貓就是好貓。儘管方法有異，大部分多是簡寫、符號並用，不過數字及人名、地名、機構名稱，一定要記清楚，這也是最常出錯的部分。

此外，做逐步口譯時的筆記本也很重要。像筆者會選用長25公分，寬15公分左右，中間劃線的筆記本，然後記筆記時從上而下，如此一來很明顯的知道講者講話的順序，因中間有畫線，再從右邊記到左邊，寫滿即翻到隔頁再繼續進行，而不會用到背面的頁面。因為怕原子筆顏色會透過背面不易辨識。還有，記筆記時字體不宜太小，因時間緊迫，寫稍大字體反而速度較快又較容易看得懂。再來，口譯員為萬全計，絕對不會只帶一枝筆就上陣，應防範於未然，多帶幾支筆，以策安全。

（十）習慣各種口音（なまりに馴染む練習法）

講者有可能來自大江南北，即便是日文也有各種不同的口音及腔調，並非人人都有辦法講標準的東京腔。因此，日常生活中在觀看各種影片，就要留意不同地區口音變化的問題，或許我們無法講方言，但至少要能聽得懂使用人口較多的方言。當然，諸如講者使用台語要做筆記的確有所困難，因台語無字，此時恐怕只能在腦海中先將其譯成國語，再翻成日文了。此種情況自然是做筆記所用的字數越少越好，這樣才不會手忙腳亂，亂了方寸。

當然，有機會多與來自日本各地的人士接觸，習慣男女老幼講話的口音與方式都有幫助。若無上述機會，也只能多觀賞日本的相聲節目或綜藝節目、旅遊頻道等，藉機多聽日本各地不同人士講話的腔調了。

重點補充

第二講

逐步口譯的單句演練及應注意事項

逐步口譯的訓練方式，在上一講中已約略跟各位讀者介紹過，待跟讀練習（シャドーウィングトレーニング）的速度能跟上腳步後，接下來可從簡單的單句傳譯練習著手。練習時當然是由簡入繁易，由繁入簡難，而且容易半途而廢。因此，建議有志於傳譯工作的讀者，可先從單字對單字的轉換傳譯切入進行練習，再從單句對單句的轉換傳譯，段落轉換傳譯，整篇致詞稿或講稿轉換傳譯的方式練習做起，用循序漸進的方式來練習，相信可以收事半功倍的效果。

本講，即是所謂的練基本功。基本功紮實，工作起來就駕輕就熟，自然也就攸關下面幾講，各位讀者能否進級的問題了。

一、單字轉換傳譯練習（単語切り替え通訳練習法）

不可諱言，口譯工作首先面臨的問題，是在龐雜多樣的知識領域中，如何有效的記住各式各樣的單字，並且能快速反應，精準無誤的傳譯出來。筆者在前面篇幅已提出「連想ゲーム」的單字記憶法。亦即，可從日常生活中某一感興趣的單字切入，進而聯想到與其相關的單字為何，藉此加強訓練並強化記憶力。例如，每年暑假期間都會有颱風來襲，除帶來豐沛的雨量外，亦會帶來極為慘重的傷亡。則以颱風這一個單字為開頭，盡量聯想與其有關的單字有哪些？既然叫做「連想ゲーム」，就帶有幾分遊戲的成分，三五好友及同好聚在一起，如果沒有話題，這不失為一個既可提供娛樂，又可強化記憶力及加強單字的好方法。

另外，筆者亦建議可以報紙為載體，將新聞中出現的單字挑選出來，並以一週為單位，如本週只專注政治議題相關單字，將其從報紙中挑出，並用中日對照的方式將其寫入自己的單字本上，下週則改為經濟議題，在下下週再改為只專注搜尋科技議題等，依此類推較不會枯燥無聊亦較有變化，長此以往即可累積相當可觀的單字量，且都是當下最新概念或最夯的單字。當然，前提條件是學習者本身要對語言有相當大的好奇心，才能發現何者對自己是有意義的單字，而不只是過眼雲煙的字彙而已。

我們不妨在此姑且一試，各位讀者可以依此類推，由日常生活中相關的單字或最近的熱門話題切入，再循序漸進轉入較為深奧、專門領域的單字去做練習。

◎試舉例如下：（中日文對照，敬祈參考）

颱風－台風（たいふう）、輕度颱風－小型台風（こがたたいふう）、中度颱風－中型台風（ちゅうがたたいふう）、

強烈颱風－大型台風（おおがたたいふう）、超級強烈颱風－超大型台風（ちょうおおがたたいふう）、

颶風－ハリケーン、熱帶氣漩－サイクロン、季風－モンスーン、

龍捲風－竜巻（たつまき）、微風－そよかぜ

再從上述的颱風會帶來豐沛的雨量，又可聯想到下列相關的單字。

諸如：

豪雨特報－豪雨注意報（ごううちゅういほう）、大雨特報－大雨注意報（おおあめちゅういほう）、

豪大雨特報－集中豪雨注意報（しゅうちゅうごううちゅういほう）、滂沱大雨－激（はげ）しい雨（あめ）、

傾盆大雨－土砂降り、暴雨－ゲリラ豪雨、

大雨－大雨、小雨－小雨、毛毛雨－霧雨・糠雨、

雷陣雨－夕立、西北雨－にわか雨、暴風雨－暴風雨・嵐、

雪雨－霰、秋雨－時雨、海上狂風暴雨－時化、落湯雞－濡れ鼠、

土石流－土石流・土砂崩れ、走山－がけ崩れ、地層滑動－地滑り、

海水倒灌－冠水、水災－水害、淹水・積水－浸水、

山洪爆發－鉄砲水、海嘯－津波、漲水－増水、灌水－水増し

或許學習者還可再從上述單字，引伸至與地震相關的用語。

例如：

芮氏地震強度－マグニチュード、堰塞湖－堰止め湖・土砂崩れダム、

房屋全倒－家屋全壊、房屋半倒－家屋半壊、

組合屋－プレハブ・仮住宅、救難犬－救助犬・レスキュードッグ、

救難隊－レスキュー隊、停電停水－停電断水、

重建工程－復興作業、斷垣殘壁－瓦礫、橋墩崩落－橋崩落

當然，還可從上述救難犬、組合屋等單字再衍生出其他相關的單字。

例如：

導盲犬－盲導犬、緝毒犬－麻薬探知犬、看護犬－介助犬、

輔助犬－補助犬、アシスタンスドッグ、導聾犬－聴導犬、

偵爆犬－爆発物探知犬、警犬－警察犬、

野狗－野良犬、狗仔隊－パパラッチ；

綠建築－グリーン建築、永續建築－サスティナブル建築、

豆腐渣工程－おから建築、偷工減料－手抜き工事、

頂樓加蓋－継ぎ足し、違章建築－違法増築、釘子戶－立ち退き拒否、

建築師－建築士、樣品屋－モデルハウス、

豪宅－豪邸、別墅－別荘、獨宅獨院－一戸建て、

公寓－アパート、公寓大廈－マンション、

小套房－ワンルームマンション、小木屋－コテージ、

民宿－民宿、飯店－ホテル、渡假旅館－リゾートホテル、

汽車旅館－モーテル、賓館－ラブホテル、日式旅館－旅館、

摩天大樓－超高層ビル、住商混合大樓－住宅兼オフィスビル、

打房－住宅市場の調整

再者，因官員貪瀆引發的司法問題時有所聞，我們在此也運用「連想ゲーム」的方式，來進行演練看看。因為，如果不懂得相關的關鍵字，就無法精確的做好傳譯工作。

例如：

貪瀆－汚職、賄賂－賄賂、利益輸送－利益供与、關說－請託、

內線交易－インサイダー取引き、背信嫌疑－背信の疑い、

官商勾結－官民癒着、洗錢－マネーロンダリング・資金洗浄、

海外密帳－海外秘密口座、詐領－横領、國務機要費－国務機密費、

弊案－不正疑惑、傳喚到案說明－事情聽取、捲款逃跑－持ち逃げ、

醜聞纏身－スキャンダルまみれ、巴斯底獄－バスチーユ監獄、

看守所－拘置所、特偵組－特捜部、高檢署－最高検、

拘押－勾留・拘置、聲押－拘置請求、傳票－拘引状、拘票－拘留状、

移送法辦－身柄送検、函送法辦－書類送検、收押晉見－身柄拘束、

有期徒刑－有期懲役、無期徒刑－無期懲役、

緩起訴－起訴猶予、交保候傳－保釈、假釋－仮釈放、

檢查總長－検事総長、典獄長－刑務所長

絶食－ハンスト、戒護就醫－体調不良のため、病院へ搬送、

保外就醫－刑務所外治療

另外，像最近鬧的沸沸揚揚的日本食品進口管制問題，我們也可試著來蒐羅相關的單字。

例如：

核災食品－放射線に汚染された食品、

輻射超標－放射線が基準値を超える、美牛－米産牛肉、

瘦肉精－ラクトバミン、毒澱粉（順丁烯二酸酐）－無水マレイン酸、

地溝油－地溝油・廃油ラード、孔雀綠－マラカイトグリーン、

毒奶粉－毒ミルク、三聚氰胺－メラミン、

起雲劑－フタル酸ジオクチル、塑化劑－可塑剤（DEHP）、

反式脂肪－トランス脂肪酸

總之，用上述方法可無限延伸至任何其他領域的單字。亦即，對口譯工作者最重要的就是要能在腦海中瞬間浮現出最精準、最貼切的單字。經由上述「連想ゲーム」方式的練習，久而久之在腦海中建立起龐大的單字網絡，如此方能應付各種不同領域的單字需求，讀者諸君不妨嘗試看看，或許會有意外的收穫也說不定。

具體作法，如前所述秉持高度的語言好奇心，可從報章雜誌去搜尋單字，並將之分門別類整理，日久即可建立自己的單字網絡。此一「連想ゲーム」方式的單字學習法，或許一開始會覺得是繞遠路的學習法，但等融會貫通之後，即可感受到它的好處。

名言佳句

人生(じんせい)にはただ三(みっ)つの事件(じけん)しかない。生(う)まれること、生(い)きること、死(し)ぬことである。生(う)まれるときは気(き)がつかない。死(し)ぬときは苦(くる)しむ。そして生(い)きているときは忘(わす)れている。

人生只有三件事，出生、活著、死亡。出生時毫無感覺，死亡時很痛苦，活的過程則已忘記。

二、專門術語轉換傳譯練習

經過上述與我們日常生活或最近的熱們話題，去進行「連想ゲーム」轉換傳譯練習後，下一步我們就要進行專門術語的單字轉換傳譯練習了。當然，專門術語包羅萬象，究竟應從何處著手？建議有志於此工作者可先從工具書著手，所謂「工欲善其事，必先利其器」，正是這個道理。舉凡經濟、軍事、醫學、科技、產業、環保、專門機關、知名人物、國名、地名的中日文對照用語，皆有專門的字典或年鑑。筆者個人即擁有中日文各式專門字典達百冊。口譯工作者不但要經常吸收新知，還要時時複習，以免總是有「書到用時方恨少」的遺憾。當然，配合現代資訊爆炸的時代，學習者或許不用像我們那一代那樣凡事仰賴紙本字典，現在只要谷歌一下，所查的單字及資料就垂手可得。總之，要善用手邊的工具，勤查資料化為己用，才是屬於自己的資產。

傳譯，是兩種語言及文化的切換工作，要能精準無誤的將專門用語翻的正確，譯者本身就得勤於吸收新知，勤於做功課才行。因此，要成為一位出色的口譯員，其養成過程及自修磨練非常辛苦，即使是成名多時的口譯員，仍須時時用功、吸收新知識，勤奮做筆記。除了有專門領域的工具書輔助外，口譯工作者更是要時常閱讀各種專門領域的期刊或書報雜誌，才能精準的掌握各種不同領域的專門術語及資訊。

此外，一般專攻日文的人士，普遍都有英文不好的問題。因此，外來語的部分就變的很吃力，常記又常忘記，更何況專門術語又有許多外來語。既是如此，那要如何才能記得住呢？除了要瞭解原文之外，恐怕也只能反覆接觸，反正勤能補拙，除此之外恐別無他法。

以下，僅試舉例說明，讀者可自行選定不同類別的專門用語，做成如下之表格，成為自己的單字資料庫。

◎　環　境　用　語　◎

英　文	日　文	中　文
A		
Acid Rain	**酸性雨**	酸雨
Acid Rain Program	**酸性雨プログラム**	酸雨計畫
Activities Implemented Jointly (AIJ)	**共同実施活動**	共同減量活動
Adaptation Fund	**適応基金**	適應基金
Additionality	**追加性**	追加性
Ad hoc Group on the Berlin Mandate (AGBM)	**ベルリン・マンデート特別委員会**	柏林協定特別集團
Aerosol	**エアロゾ**	氣膠（大氣懸浮微粒）
Afforestation	**植林**	造林
Afforestation, Reforestation, and Deforestation (ARD)	**植林・再植林・森林減少**	造林、重新造林、砍伐森林
Agenda21	**アジェンダ21**	21世紀議程
Alliance of Small Island States (AOSIS)	**小島嶼国連合**	小島國聯盟

Allowance	排出枠	排放權
Allowance Transfer Form (ATF)	排出権移転状	排放權管制表
Allowance Tracking System (ATS)	排出枠追跡システム	排放權管制系統
American Petroleum Institute (API)	アメリカ石油協会	美國石油協會
Annex I Countries	附屬書 I 締約國	附表一國家
Annex II Countries	附屬書 II 締約國	附表二國家
Annex B Parties、Annex B Countries	附屬書B國、附屬書B締約國	附表B國家
Assigned Amounts	割当量	分配總量
Assigned Amount Units (AAUs)	割当量単位	分配總量單位

B

Bagasse cogen (Cogeneration)	バガス	蔗渣轉換發電
Banking (同義字：Carry Over)	バンキング	留用權
Baseline	ベースライン	基線
Baseline and Credit	ベースライン・アンド・クレジット	基線與信貸
Base Year	基準年	基準年

Berlin Mandate	ベルリン・マンデート	柏林協定
Bilateral Approach	バイラテラル（相対型）アプローチ	雙邊方式
Biomass	バイオマス	生物質料
Bonn Agreement	ボン合意	波昂協議
Boundary	バウンダリー	界限
Buenos Aires Plan of Action (BAPA)	ブエノスアイレス行動計画書	布宜諾斯艾利斯行動計畫

C

Cap	キャップ、上限	總量管制
Cap and Trade	キャップ&トレード	總量管制和交易
Cancellation Account	取り消し口座	取消之帳戶
Carbon Ring Consortium (CRC)	カーボン･リング･コンソーシア	碳環集團
carbon credit	カーボンクレジット	碳排放額度
Carbon Dioxide (CO2)	二酸化炭素	二氧化碳
Carbon tax	炭素税	碳稅
CDM Registry (CDMR)	CDM登録簿	CDM登記簿
Certified Emission Reductions (CERs)	認証排出削減量	排放減量認證
Certification	認証	認證

Certified Emission Reduction Unit Procurement Tender (CERUPT)	**セラプト**	認可排放減量單位採購招標計畫
Chlorofluorocarbons (CFCs)	**クロロフルオロカーボン**	全氯氟烴（冷媒）
Clean Development Fund (CDF)	**クリーン開発基金**	清潔開發基金
Clean Development Mechanism (CDM)	**クリーン開発メカニズム**	清潔發展機制
Climate Change Levy (CCL)	**気候変動税**	氣候變動稅
Climate Change Levy Agreement (CCLA)	**気候変動税協定**	氣候變動稅協定
Climate Technology Initiative (CTI)	**気候技術イニシアティブ**	氣候變遷科技之倡議
Cogeneration	**コジェネレーション**	共生
Commitment Period Reserve	**遵守期間・約束期間リザーヴ**	減量承諾期之保留
Compliance Action Plan	**遵守行動計画**	遵守行動計劃
Commitment Period	**遵守期間／約束期間／コミットメント期**	減量承諾期

Combined Heat and Power (CHP)	**熱電併給システム**	熱與電力結合系統
Committee of the Whole	**全体委員会**	全體委員會
Confederation of British Industry (CBI)	**英国産業連盟**	英國工業協會
Central Group 11 (CG11)	**ロシアとウクライナを除く市場経済移行国**	中央集團11
Conference of the Parties (COP)	**締約国會議**	（公約之）締約國會議
Contact Group	**コンタクトグループ**	主席建議討論小組
Credit	**クレジット**	信用額度
Cropland Management	**耕地管理**	耕地管理
Corporate Social Responsibility (CSR)	**企業の社会的責任**	企業社會責任

D

Deforestation	**森林減少**	森林開伐
Department for Environment, Food and Rural Affairs (DEFRA)	**英国環境·食料·地方省**	英國環境、食品暨鄉村事務部
Designated Operation Entity (DOE)	**指定運営機関**	指定營運機關
Designated National Authority (DNA)	**認定国家機関**	國家認定機關

E

Early Credit	早期クレジット	早期信用額度
eco-fund	エコファンド	生態基金
Emission Reductions Purchase Agreement (ERPA)	温室効果ガス排出削減量購入協定	削減溫室效應氣體排放量購買協定
Emissions Reduction Unit (ERU)	排出削減単位／排出削減ユニット	削減排放量單位
Emission Reduction Unit Procurement Tender (ERUPT)	エラプト	排放減量單位採購投標
Emissions Trading (ET)	排出量取引	排放權交易
Emissions Trading Scheme (ETS)	排出権取引制度	排放權交易制度
Enhanced Oil Recovery (EOR)	石油増産プロジェクト	激勵採油法
Environmental Management System (EMS)	環境管理システム	環境管理系統
Environmental Protection Agency (EPA)	環境保護局	美國環保署

Environmental Tax / Eco Tax	**環境税**	環境稅
EU Bubble	**EUバブル**	歐盟泡沫
European Climate Change Programme (ECCP)	**欧州気候変動プログラム**	歐洲氣候變化綱領
Executive Board of the CDM	**CDM理事会**	CDM執委會（清潔發展機制執行理事會）
Expert Review Team (ERT)	**専門家審査チーム**	專家審查團隊

F

Financial Mechanism	**資金メカニズム**	資金架構
Forest Management	**森林管理**	森林管理
Forest Resources Assessment (FRA)	**世界森林資源調査**	世界森林資源調查計畫
Fossil Fuels	**化石燃料**	化石燃料
Fuel Cell Electric Vehicle (FCEV)	**燃料電池車**	燃料電池汽車
Forest Stewardship Council (FSC)	**森林管理協議会（本部メキシコ）**	森林管理委員會（總部在墨西哥）
Fuel Switching	**燃料転換**	燃料轉換

G

General Agreement on Tariffs and Trade (GATT)	**関税と貿易に関する一般協定**	關稅暨貿易總協定
GHG Protocol Initiative	**GHGプロトコルイニシアチブ**	地球溫室效應議定書倡議行動
Global Climate Change	**地球気候変動**	地球氣候變動
Global Environment Facility (GEF)	**地球環境ファシリティ**	全球環境基金
Global Warming Potential (GWP)	**地球温暖化係数**	全球溫室效應指數
Grandfathering	**グランドファザリング**	按歷史排放紀錄所作之新規定與限制
grazing management		牧場管理
Grazing Land Management	**放牧地管理**	放牧地管理
Green Consumer	**グリーン・コンシューマー**	綠色消費
Green Roof	**屋上緑化**	屋頂綠化
Greenhouse Effect	**温室効果**	溫室效應
Greenhouse Gas (GHG)	**温室効果ガス**	溫室效應氣體
Group of 77 and China	**グループ77プラス中国**	77國集團與中國
Guideline of Measures to Global Warming	**地球温暖化対策推進大綱**	因應地球溫室效應大綱

H

Hydrofluorocarbons (HFCs)	**ハイドロフルオロカーボン**	氟氫碳化物
Hybrid Car	**ハイブリッドカー**	油電混合車

I

Intergovernmental Negotiating Committee (INC)	**政府間交渉委員会**	跨政府之交涉委員會
Intergovernmental Panel on Climate Change (IPCC)	**気候変動に関する政府間パネル**	聯合國跨政府氣候變遷專家小組
International Emission Trading (IET)	**國際排出權取引**	國際排放權交易
International Emissions Trading Association (IETA)	**國際排出權取引協会**	國際排放權交易協會
International Energy Agency (IEA)	**國際エネルギー機関**	國際能源組織
International Finance Corporation (IFC)	**国際金融公社**	國際金融公司

J

Joint Implementation (JI)	**共同実施**	共同減量

JUSSCANNZ	ジュースカンズ	JUSSCANNZ集團

K

Kenaf (Hibiscus cannabinus)	ケナフ	鐘麻
Kyoto Protocol (KP)	京都議定書	京都議定書

L

Land-Use, Land-Use Change and Forestry (LULUCF)	土地利用、土地利用の変化、及び林業	土地利用、土地利用之變化與林業
leading runner approach	トップランナー方式	最優產品計畫
Leakage	リーケージ	外溢排氣
Lifecycle Assessment (LCA)	ライフサイクル・アセスメント	生命週期評估
Low emission vehicle	低公害車	低公害車

M

Marginal Abatement Cost (MAC)	限界削減費用	邊際削減成本
Marrakech Accords	マラケッシュ合意	馬拉喀什協定
Meeting of the Parties (MOP)	締約国會合	（議定書之）締約國會議
Methane (CH4)	メタン	甲烷
Methane Hydrate	メタンハイドレート	甲烷水合物

Modal shift	モーダルシフト	形態轉換
Montreal Protocol	モントリオール議定書	蒙特婁議定書

N

New Energy and Industrial Technology Development Organization (NEDO)	新エネルギー・産業技術総合開発機構	日本新能源產業技術總合開發機構
National Institute for Research Advancement (NIRA)	総合研究開発機構	日本總合研究開發機構
National Registry	国家登録簿	國家登記簿
National Inventory	国家目録	國家目錄（帳簿）
Net Present Value (NPV)	正味現在価値	淨現值
Nitrous Oxide (N2O)	亜酸化窒素（同義語：一酸化二窒素）	氧化氮
The Non-Fossil Fuel Obligation (NFFO)	非化石燃料使用義務	非石化燃料義務計畫
NOx Budget Program	NOx バジェット・プログラム	一氧化氮成本計畫

O

Off Set	カーボン・オフセット	碳補償

Office of Gas and Electricity Markets (Ofgem)	**ガス・電力市場監督局**	英國能源監管機構
Official Development Aid (ODA)	**政府開発援助**	政府開發援助
Organization for Economic Cooperation and Development (OECD)	**経済協力開発機構**	經濟合作暨發展組織

P

Particulate Matter (PM)	**粒子状物質**	粒子狀物質
Party	**締約国**	締約國
Permit	**排出許可証**	排氣許可
Perfluorocarbon (PFCs)	**パーフルオロカーボン**	全氟聚合物
Project Boundary	**プロジェクト境界**	專案邊界
Prototype Carbon Fund (PCF)	**炭素基金**	原型碳基金
Project Participants (PP)	**プロジェクト參加者**	計畫參與者
Protocol	**議定書**	議定書

Q

Quantified Emission Limitation and Reduction Commitment(QELRC)	**数量化された排出抑制削減義務（公約）**	在一定時間內量化之排放減量義務
Quantified Emission Limitation and Reduction Objectives (QELROs)	**数量的な排出抑制または削減目標**	在一定時間內量化之排放減量目標

R

Reforestation	**再植林**	重新造林
Refuse Derived Fuel (RDF)	**ごみ固形燃料**	廢棄物衍生燃料
Regional Clean Air Incentive Market (RECLAIM)	**地域的大気浄化インセンティブ市場**	區域清潔空氣誘因市場
The Regional Environmental Center for Central and Eastern Europe (REC)	**中・東欧地域環境センター**	中、東歐地區環境中心
Remote Sensing	**リモートセンシング**	遙測
Removal Unit (RMU)	**除去単位**	移除單位

Renewable Obligation Certificate (ROC)	**再生可能エネルギー義務証明書**	再生能源義務證書
Renewables Portfolio Standard (RPS)		關於電氣事業者利用新能源之特別措置法
Renewable Power Percentage (RPP)	**再生可能電力率**	再生發電率
Revegetation	**植生再生**	綠化

S

Sinks	**シンク＝吸収源**	碳匯
Socially Responsible Investment (SRI)	**社會的責任投資**	社會責任投資
South Coast Air Quality Management District (SCAQMD)	**南海岸大気保全管理區**	南岸空氣品質管理區
Special Climate Change Fund	**気候変動特別基金**	氣候變遷特別基金
State Implementation Plan (SIP)	**州実施計画**	州執行計畫
Subsidiary Body for Scientific and Technological Advice (SBSTA)	**科学上及び技術上の助言に関する補助機関（条約第9条に定められた）**	科技諮詢附屬機構

Subsidiary Body for Implementation (SBI)	**実施に関する補助機関（条約第10条に定められた）**	執行之諮詢機構
Sulfur Hexafluoride (SF6)	**六フッ化硫黄**	六氟化硫
Sulfur oxide (SOx)	**硫黄酸化物**	硫氧化物
Supplementarity / Supplemental	**補完性・補足性**	國家達成減量承諾之輔助
Sustainable Development (SD)	**持続可能な発展**	永續發展
Sustainable Development - Policies and Measures (SD-PAM)	**持続可能な開発のための政策の実行**	永續發展之政策與措施

T

Transfer of Technology	**技術移転**	技術轉移

U

UK Emissions Trading Scheme (UKETS)	**英国排出権取引制度**	英國排放權交易
Umbrella Group JUSSCANNZ集團（又稱 Umbrella Group）	**アンブレラ・グループ**	傘下集團

United Nations Conference on Environment and Development (UNCED)	**環境と開発に関する国連会議**	聯合國環境及發展委員會
United Nations Commission on Sustainable Development (UNCSD)	**国連持続可能開発委員会**	聯合國永續發展委員會
United Nations Conference on Environment and Development (Earth Summit)	**地球サミット**	「聯合國環境與發展會議(UNCED)」（又稱地球高峰會）
United Nations Conference on Trade and Development (UNCTAD)	**国連貿易開発會議**	聯合國貿易和發展會議
United Nations Environment Programme (UNEP)	**国連環境計畫**	聯合國環境總署

United Nations Framework Convention on Climate Change (UNFCCC)	**国連気候変動枠組條約**	聯合國氣候變遷綱要公約
United Nations Industrial Development Organization (UNIDO)	**國際連合工業開発機関**	聯合國工業開發組織
Unilateral Approach	ユニラテラル・アプローチ	單邊方式
United States Initiative on Joint Implementation (USIJI)	**米国共同実施イニシアティブ**	美國執行共同減量倡議

V

Validator	バリデーター	認證者
Validation	バリデーション	認證
Verification	ベリフィケーション	檢證
Verified Emissions Reduction (VER) 或稱Certified Emissions Reduction (CER)	**検証排出削減量**	經認證之減量額度
Verifier	ベリファイアー	檢證者
Volatile Organic Compound (VOC)	**揮発性有機化合物**	揮發性有機化合物

Voluntary Action	**自主的取組み**	自主行動
Voluntary Commitment	**自主協定**	自主協定
W		
World Wide Fund for Nature (WWF)	**世界自然保護基金**	世界野生動物保護基金會

如不製作成對照式的單字表格，也可在自己的單字筆記本上，以下列簡便方式製作自己的單字庫。例如：

◎ 臉書　フェイスブック
◎ 推特　ツイッター
◎ 噗浪　プルック
◎ 微博　マイクロブログ
◎ 微信　ウィーチャート
◎ You-tube　ユーチューブ
◎ 貼文　リツィート
◎ PO上網　アプリ
◎ 網路直播　ライブ配信(はいしん)
◎ 微電影　ショットフィルム
◎ 雲端　クラウド
◎ 工程雲　エンジニアクラウド
◎ 雲端系統　クラウドシステム
◎ 雲端運算　クラウド・コンピューティング

◎ 雲端服務　クラウド・サービス、クラウドプロバイター

◎ 開心農場　ファームビル、ハッピーファーム

◎ 帳號　アカウント

◎ 客戶帳號　ユーザーアカウント

◎ 微網誌　マイクロブログサービス、ミニブログサイト

◎ 點閱率　スマッシュヒット

或從報章雜誌中去挑出與經濟相關的單字，製作屬於自己的單字庫，例如：

◎ 閒置資產　遊休資産

◎ 週轉金　運転資金

◎ 資金調度　資金調達

◎ 資金流通（現金流）　キャッシュフロー

◎ 資金外流　資本流出

◎ 資產外逃　キャピタルフライト（資本の逃避）

◎ 區塊鏈　ブロックチェーン

◎ 資產管理　アセットマネジメント

◎ 資產管理諮商　ロボアドバイザー

◎ 互聯網借貸(P2P借貸)　ソーシャルトレーディング

◎ 公衆募資　クラウドファンティング

◎ 信用評價(信評)　与信評価（よしんひょうか）

◎ 信用緊縮　クレジットランチ

◎ 信用循環　金融緩和（きんゆうかんわ）、金融引き締め（きんゆうひきしめ）のサイクル

◎ 信用違約交換　クレジット・デフォルト・スワップ（ＣＤＳ）

◎ 應收帳款　受け取り勘定（うけとりかんじょう）、掛売り金（かけうりきん）

◎ 應收票據　受け取り手形（うけとりてがた）

◎ 活期存款　当座預金（とうざよきん）

◎ 定期存款　定期預金（ていきよきん）

◎ 外匯存底　外貨準備高（がいかじゅんびだか）

◎ 外匯指定銀行　外為指定銀行（がいためしていぎんこう）(DBU)

◎ 外匯市場　為替市場（かわせしじょう）

◎ 拆款利率　コールレート

◎ 隔夜拆款利率　オーバーナイト・コールレート

◎ 短期利率　短期金利（たんききんり）

◎ 境外銀行　オフショアバンキングユニット (OBU)

◎ 承接銀行　ブリッジバンク

◎ 網路銀行　インターネットバンキング

◎ 影子銀行　シャドーバンキング（影の銀行）

◎ 中央存保　ペイオフ

◎ 次級房貸　サブプライムローン

例 美國次級房貸問題引發英國銀行的擠兌風波，另外德國的中型銀行亦蒙受重大損失。

➡ サブプライムローンというアメリカ国内の住宅問題はイギリスの銀行の取り付け騒ぎにつながり、ドイツの中堅銀行も大おおきな損失を蒙った。

◎ 歐債危機　ユーロ危機、欧州債務

◎ 微量貸款　マイクロクレジット

◎ 負面表列　ネガティブリスト

◎ 正面表列　ポジティブリスト

◎ 浮動匯率　変動相場制

◎ 固定匯率　固定相場制

◎ 浮動利率　変動金利

◎ 固定利率　固定金利

◎ 負利率　　マイナス金利

◎ 資產負債表　　バランスシート

又，股市是經濟的櫥窗，相關的股市用語繁雜多端，試舉例如下：

◎ 股利（分紅）　　配当金

◎ 配股　　配当

◎ 釋股　　株放出

◎ 空頭　　売り持ち

◎ 多頭　　買いもち

◎ 保值　　価値保全

◎ 分股　　株を分割する

◎ 炒股　　株を売買する

◎ 買空　　空買い

◎ 賣空　　空売り

◎ 買超　　買いこし

◎ 賣超　　売りこし

◎ 參股　　資本参加する

◎ 牛市　強気相場（つよきそうば）、上昇相場（じょうしょうそうば）

◎ 熊市　弱気相場（よわきそうば）、下落相場（げらくそうば）

◎ 個股　銘柄（めいがら）

◎ 股市　株式市場（かぶしきしじょう）

◎ 散戶　個人投資家（こじんとうしか）

◎ 套牢　塩漬（しおづけ）

◎ 上櫃　店頭市場（てんどうしじょう）

◎ 興櫃　エマージングストック

◎ 指數　インデックス

◎ 護盤　買い支え（かいささえ）、下支え（したささえ）

◎ 避險　リスクヘッジ

◎ 封關　大納会（だいのうかい）

◎ 開紅盤　大発会（だいはっかい）

◎ 逾放比　延滞債権の比例（えんたいさいけんのひれい）

◎ 本益比　株主資本比率（かぶぬししほんひりつ）、EPS

◎ 庫藏股　金庫株（きんこかぶ）

◎ 漲停板　ストップ高（ストップだか）

◎ 跌停板　ストップ安(やす)

◎ 績優股　優良株(ゆうりょうかぶ)

◎ 中概股　中国関連銘柄株(ちゅうごくかんれんめいがらかぶ)

◎ 投機客　スペキュレーター、投機家(とうきか)

◎ 收盤價　大引(おおび)け、終値(おわりね)

◎ 宅經濟　巣篭(すご)もり経済(けいざい)、引(ひ)きこもり経済(けいざい)

◎ 假日經濟　休日経済(きゅうじつけいざい)

◎ 董事會　役員会(やくいんかい)

◎ 大股東　大株主(おおかぶぬし)

◎ 交叉持股　持(も)ち合(あ)い株(かぶ)

◎ 分紅配股　利益配当(りえきはいとう)

◎ 控股公司　持(も)ち株会社(かぶがいしゃ)

◎ 金控公司　金融(きんゆう)持(も)ち株会社(かぶがいしゃ)、
ホールディング フィナンシャル

◎ 認購權證　オプション取引(とりひき)

◎ 金融資產　ポートフォリオ

◎ 職業股東　総会屋(そうかいや)

◎ 股東大會　株主総会(かぶぬしそうかい)

◎ 內線交易　インサイダー取引

◎ 櫃買中心　グレタイ証券市場

◎ 上市公司　上場株会社

◎ 未上市股票　未公開株、IPO

◎ 股票選擇權　ストックオプション

◎ 全額交割股　信用取引規制銘柄

◎ 高科技股　ハイテク株

◎ 獲利了解　利食い売りに出る

◎ 慶祝行情　ご祝儀相場

名言佳句

「少年よ、大志を抱け」。将来に向けて大きな夢を持つことは、あなたの可能性を無限に引き出してくれる。

「年輕人應胸懷大志」。對未來懷抱遠大的夢想，將衍生出無限的可能。

三、單句轉換傳譯練習

筆者在前面章節，曾介紹口譯自修的方法需從點、線、面下手。點，即各種領域的單字能夠串連自如，如前面所介紹的「連想ゲーム」及專門術語的單字網絡；線，即是慣用句、成語片語、俚語、俗語、名人佳句等，完整句子的中日文對照用法；面，即是相關的專門知識，以及泛指能夠進行一整個段落的中日逐步口譯而言。此一整套的訓練方法，即是先從枝節著手，慢慢的再建立骨架，然後才是附加血肉的作法。此即，筆者所謂的循序漸進，由簡入繁的口譯訓練法。

堅持即可實現。我們往往看到的是口譯員風光又自在的臨場表現，卻忽略其背後的努力過程。以下僅提供部分常見的成語片語、俚語俗語、慣用語句、名人佳句的中日對照用法，讀者要能時時勤拂拭，才不會惹塵埃。當然此類用語族繁不及備載，各位讀者可如同前面所介紹的單字庫般，建立屬於自己的中日單句對照資料庫。

尤其是成語或慣用語，平常或許不會覺得有什麼特殊的地方，但是真正上場時碰到喜歡引經據典的講者，往往會讓我們一個頭兩個大。所以，平時要多燒香，才不會臨時抱佛腳。

首先，將筆者日常整理的四個字成語，試舉部分例子，以供學習者參考，亦請學習者如法炮製，增加更多屬於自己的四字成語用法。

◎ 哀矜勿喜　　哀(あわ)れむが喜(よろこ)ぶなかれ

◎ 尚方寶劍　伝家の宝刀

◎ 以德報怨　徳を持って怨みに報ず

◎ 以毒攻毒　毒をもって毒を制す

◎ 坐直昇機（升遷）　スピード出世

◎ 花言巧語　口車に乗る

◎ 甜言蜜語　くどき文句

◎ 打情罵俏　いちゃいちゃする

◎ 善心人士　篤志家

◎ 貪小便宜　ちゃっかり

◎ 左右逢源　両手に花

◎ 阿諛奉承　ちやほやする

◎ 戴高帽子（奉承話）　煽て

例 愛戴高帽子。

➡ 煽てに乗りやすい。

◎ 深藏不露　能ある鷹は爪を隠す

◎ 一敗塗地　一敗地にまみれる

◎ 一見鍾情　一目ぼれ

◎ 惱羞成怒　居直り

◎ 愛管閒事　余計なお世話

◎ 正中下懷　思う壺にはまる

◎ 茶壺風暴　急須内の嵐

◎ 死灰復燃　やけぼっくい

◎ 人去樓空　もぬけの殻

◎ 死皮賴臉　図太い

◎ 忍氣吞聲　泣き寝入り

◎ 對牛彈琴　馬の耳に念仏

◎ 開門見山　ずばり言う

◎ 狗急跳牆　窮鼠猫を噛む

◎ 克難旅行　貧乏旅行

◎ 徒勞無功　骨折り損のくたびれもうけ

◎ 塞翁失馬　塞翁が馬

◎ 旁觀者清　岡目八目

◎ 憑空捏造　でっち上げ

◎ 喧賓奪主　ひさしを貸して母屋を取られる

◎ 硬頸精神　ハングリー精神

◎ 美中不足　玉に瑕

◎ 面有難色　苦虫を噛み潰す

◎ 相貌堂堂　押し出しが立派だ

◎ 目不識丁　目に一丁字なし

◎ 大飽眼福　目の正月

◎ 利慾薰心　欲に目がくらむ

◎ 聽天由命　運を天に任せる

◎ 信口開河　太平楽

◎ 充耳不聞　聞き捨て

例 不能當耳邊風。

➡ 聞き捨てにならない。

◎ 佯裝不知　白を切る

◎ 東拼西湊　継ぎはぎだらけ

例 東拼西湊地湊成一篇報告。

➡ あちこちから継ぎはぎしてレポートをでっち上げる。

◎ 自吹自擂　手前味噌

◎ 穩如泰山　大船に乗ったよう

◎ 嬌生慣養　乳母日傘

◎ 御用學者	お抱え学者
◎ 金錢萬能	金はオールマイティー
◎ 說風涼話	岡評議
◎ 海誓山盟	偕老同穴の契り
◎ 光說不練	お題目を唱える（口先だけ）
◎ 弄假成真	うそから出たまこと
◎ 得意門生	秘蔵の弟子
◎ 事後諸葛	後知恵
◎ 養精蓄銳	英気を養う
◎ 化為泡影	ふいになる
◎ 打小報告	告げ口
◎ 見縫插針	つけ入る隙を与える
◎ 人心惶惶	みんなぴりぴりしている
◎ 語帶保留	含みを残す発言
◎ 越燒越旺	焼け太り
◎ 坐以待斃	座して死を待つ
◎ 硬充好漢	引かれ者の小唄

◎ 孤掌難鳴　一文銭は鳴らぬ

◎ 冷嘲熱諷　シニカルな言い方

◎ 墨守成規　杓子定規

◎ 一帆風順　順風満帆

◎ 民風純樸　純風美俗

◎ 繁文縟節　繁文じゅく礼

◎ 廢寢忘食　寝食を忘れる

◎ 趁勢而為　流れに棹さす

◎ 暴殄天物　宝の持ち腐れ

◎ 得寸進尺　おんぶに抱っこ

◎ 進退兩難　立ち往生

◎ 夾心餅乾　板ばさみ

◎ 自欺欺人　自己欺瞞

◎ 以身作則　率先垂範

◎ 遍體鱗傷　満身創痍

◎ 官商勾結　政経癒着

◎ 猶豫不決　遅疑逡巡

◎ 神魂顛倒　　うつつを抜かす

◎ 逢場做戲　　かりそめの恋

◎ 黃昏之戀　　たそがれの恋

◎ 漏洞百出　　抜け道だらけ

◎ 覆水難收　　覆水盆に帰らず

◎ 譁衆取寵　　ポピュリズム（大衆迎合）

◎ 害群之馬　　獅子身中の虫

◎ 殺雞儆猴　　一罰百戒

◎ 草菅人命　　人命を虫けら同然に扱う

◎ 老店新開　　老舗の新装開店

◎ 倚老賣老　　年寄り風を吹かす

◎ 老氣橫秋　　年寄りくさい

◎ 老奸巨猾　　海千山千

◎ 外強中乾　　見掛け倒し

◎ 邊際效用　　限界効用

◎ 票房收入　　興行収入

◎ 虧損累累　　赤字まみれ

◎ 高抬貴手　お目こぼしをお願いします

◎ 手下留情　お手柔らかにお願いします

◎ 陳腔濫調　ステレオタイプ

◎ 指桑罵槐　当て付けがましい

◎ 落荒而逃　雪崩を打って逃げる

◎ 烏合之衆　寄り合い所帯

◎ 才疏學淺　浅学非才

◎ 不忍卒睹　見るに忍びないもの

◎ 不成體統　なんという体たらくだ

◎ 團隊精神　チームワーク

◎ 自相矛盾　自家撞着

◎ 苦學出身　苦学力行型

◎ 先斬後奏　事後承諾

◎ 過猶不及　過ぎたるはなお及ばざるが如し

◎ 營養學分　楽勝科目

◎ 亂發脾氣　八つ当たり

◎ 腦力激盪　ブレーン・ストーミング

◎ 勒緊褲帶　緊褌一番

◎ 前車之鑑　前車の轍を踏む

◎ 重蹈覆轍　二の舞を踏む

◎ 賞罰分明　信賞必罰

◎ 苦盡甘來　苦しい段階が過ぎて楽になってくる

◎ 風雨無阻　雨天決行

◎ 雨天順延　雨天順延

◎ 上流社會　上流社会

◎ 大器晚成　大器晩成

◎ 光明正大　ガラス張り

◎ 冥頑不靈　頑冥不霊

◎ 連根拔起　根こそぎ倒れる

◎ 頑石點頭　精神のない石までも感動する

◎ 龍馬精神　元気ではつらつとした精神

◎ 考前猜題　山を当てる（山勘）

◎ 侵吞公款　公金横領

◎ 避重就輕　開き直り

◎ 疊床架屋　　屋上屋(おくじょうおく)を架(か)す

◎ 脫胎換骨　　魂(たましい)を入(い)れ替(か)える

◎ 自顧不暇　　紺屋(こうや)の白袴(しろばかま)

◎ 一再拖延　　紺屋(こうや)のあさって

◎ 濃妝豔抹　　ごてごてと化粧(けしょう)する

◎ 新春團拜　　新春互礼会(しんしゅんごれいかい)

◎ 甩尾停車　　ドリフト駐車(ちゅうしゃ)

◎ 時來運轉　　つきが回(まわ)ってくる

◎ 期待落空　　肩透(かたす)かしを食(く)う

◎ 緊要關頭　　正念場(しょうねんば)

◎ 自尋煩惱　　取(と)り越(こ)し苦労(ぐろう)

◎ 亂發脾氣　　当(あた)り散(ち)らす

◎ 笨手笨腳　　とろい

◎ 高高在上　　あぐらをかく

◎ 嫁入豪門　　玉(たま)の輿(こし)に乗(の)る

◎ 說場面話　　場当(ばあ)たりを言(い)う

◎ 唱獨腳戲　　一人芝居(ひとりしばい)をやる

◎ 地緣關係　　土地勘

例 犯人對犯罪現場有非常密切的地緣關係。

➡ 犯人は犯罪現場に対して詳しい土地勘があると見られている。

◎ 債留子孫　　子供世代に借金のツケを押し付ける

◎ 落井下石　　追い討ちをかける

◎ 精明能幹　　生き馬の目を抜く

◎ 飲水思源　　水を飲む際に、井戸を掘った人のことを忘れない

其他，諸如俚語、俗語及倫語中較常出現的用法，試整理如下。誠如上面所言，此類用語族繁不及備載，只能蒐羅多少記多少，而且還要時常拿出來複習，以免在口譯場合出現時，又記不清楚，徒勞無功。

◎ 師奶殺手　　おばさんキラー

◎ 中年男子殺手　　おじさんキラー

◎ 被擺了一道　　やられた

◎ 打如意算盤　　お手盛り運用

◎ 走進死胡同　　袋小路に陥る

◎ 四兩撥千金　のらりくらりで逃げ切ってしまった

◎ 同性戀酒吧　ニューハーフクラブ

◎ 自掃門前雪　頭の上のハエを追え

◎ 無風不起浪　火のない所に煙は立たぬ

◎ 木馬屠城記　トロイの木馬

◎ 助一臂之力　一肌を脱ぐ

◎ 患難見真情　まさかのときの友は真の友

◎ 路遙知馬力　馬には乗ってみよ

◎ 人老不中用　たがが緩む

◎ 好心沒好報　よかれと思ってやったことが裏目に出た

◎ 十八層地獄　奈落の底

◎ 校長兼撞鐘　自家発電

◎ 防範於未然　反発を未然に防ぐ

◎ 滾石不生苔　転石、こけを生ぜず

◎ 長的很安全　ぶさいく（ブス）

◎ 以歷史為鏡　歴史を鏡とする

◎ 政治不沾鍋　　クリーンな政治家

例 台北市長馬英九向有政治不沾鍋的封號。

➡ 台北市長の馬英九氏はクリーンな政治家だと言われている。

◎ 大隻雞慢啼（台）　　遅咲き

例 他克服四十五歲才初次當選之障礙，終於嶄露頭角。

➡ 45歳で初当選という遅咲きのハンディを克服し頭角を現した。

◎ 絕不能饒你　　ただでは置かない

✲。。❀。。✲❀✲。。❀。。✲

◎ 士可殺不可辱　　志あるものは殺されても、辱めは受けない

◎ 游手好閒的人　　極楽トンボ

◎ 消息靈通人士　　事情通

◎ 乩童與桌頭（絕配）　　お神酒どっくりコンビ

◎ 講話吞吞吐吐　　奥歯に物が挟まったような言い方

◎ 貶的一文不值　　くそみそに貶す

◎ 真是無奇不有　　へんてこりんなことがあるものだ。

◎ 有眼不識泰山　　御見それをした

例 好本領，我真是有眼不識泰山。

➡ お見事な腕前、御見それいたしました。

◎ 一不做二不休　　毒を食らわば皿まで

◎ 山不轉，路轉　　山と山は会わない、人と人は会う

◎ 雷聲大雨點小　　掛け声倒れ

◎ 心直口快的人　　気の置けない人

◎ 危機就是轉機　　ピンチをチャンスに変える

◎ 親兄弟明算帳　　ビジネスは親も子もない

◎ 調虎離山之計　　おびき出しの計

◎ 同生死共患難　　一蓮托生

✲。。❀。。 ❀ 。。❀。。✲

◎ 一開始就碰釘子　　出鼻をくじかれた

◎ 玩火會惹火焚身　　火遊びは自分自身を燃やすことになる

◎ 情人眼裡出西施　　あばたもえくぼ

◎ 不戰而屈人之兵　　戦わずして勝

◎ 賠了夫人又折兵　　盗人に追い銭

◎ 一樣米養百樣人　　人様々

◎ 大而化之的性格　　荒削りな性格

◎ 不到黃河心不死　　土壇場に行かねばあきらめがつかぬ

◎ 說曹操曹操就到　　うわさをすれば影が差す

◎ 眼睛是靈魂之窗　　目は心の窓

◎ 打開天窗說亮話　　ざっくばらんに話す

◎ 英雄無用武之地　　陸に上がった河童

◎ 聰明反被聰明誤　　策士、策におぼれる

◎ 解鈴還需繫鈴人　　鈴を付けた人がその鈴を解いてほしい

◎ 打破沙鍋問到底　　根掘り葉掘り聞かれる

◎ 德不孤，必有鄰　　徳は孤ならず、必ず隣あり

◎ 相逢一笑泯恩仇　　会って笑い合えば恩讐は消える

◎ 三百六十度大轉彎　　どんでん返し

◎ 早起的鳥兒有蟲吃　　早起きは三文の徳

◎ 江山易改本性難移　　三つ子の魂百まで

◎ 小時了了大未必佳

子供のころには優等生でも、大人になったら箸にも棒にもかからないほどろくでなしに成り下がるということだってある。

（十で神童十五で才子二十過ぎれば只の人）

◎ 沒有不愁吃穿的家產　　左団扇でやっていけるほどの資産はない

◎ 不經一事，不長一智

一度つまずけばそれだけ利口になる（雁も鳩も食わねば味知れぬ）

◎ 老子天不怕地不怕　　矢でも鉄砲でも持ってこい

◎ 天下無不散的筵席　　会者定離

◎ 巧婦難為無米之炊　　ない袖は振れぬ

◎ 多一事不如少一事　　触らぬ神にたたりなし

◎ 會鬧的孩子有糖吃　　ごね得

◎ 頭痛醫頭腳痛醫腳的政策

場当たり的な政策

◎ 三個臭皮匠勝過一個諸葛亮

三人寄れば文殊の知恵

◎ 該恐懼的是恐懼本身（羅斯福總統名言）

本当に恐れるべきものは、恐れそのものだ

◎ 睜一隻眼，閉一隻眼　　大目に見る

◎ 百里不同風，千里不同俗

所変れば品変る

◎ 近者悅，遠者來　　近きもの悦べば、遠きもの来たる

◎ 人溺己溺，人飢己飢　人の苦しみをわが身のように

◎ 己所不欲，勿施於人　己の欲せざるところは人に施すなかれ

◎ 不在其位，不謀其政

その職務上の地位にいなければ、その職務に口出ししてはならない

◎ 人無遠慮，必有近憂

人は先の先まで見越して考えておかないと、必ず目の届くところに問題がおきてくるものだ

◎ 三人行，必有我師焉

三人で連れ立っていけば、必ず自分の師となる人がいるものだ

◎ 智者樂水，仁者樂山　知者は水を愛し、仁者は山を愛す

◎ 海內存知己，天涯若比鄰

内外に親友がいれば、世界も隣人となります

◎ 工欲善其事，必先利其器

職人にんがよい仕事をしようと思えば、まずその道具を磨くのが大切である

◎ 有朋自遠方來，不亦樂乎

友あり遠方より来る、また楽しからずや

◎ 見賢思齊焉，見不賢而內自省也

優れた人物を見ては自分もそうなりたいと思い、つまらない人物を見みては自らの反省材料とすることだ

◎ 智者不惑，仁者不憂，勇者不懼

知者は惑わず、仁者は憂えず、勇者は懼れず

◎ 吾十有五而志於學，三十而立，四十而不惑，五十而知天命，六十而耳順，七十而從心所欲，不逾矩

吾十五にして学に志す。三十にして立つ。四十にして惑わず。五十にして天命を知る。六十にして耳従う。七十にして心の欲する所に従って、矩を越えず

名言佳句

登山の目標は山頂と決まっている。しかし、人生の面白さはその山頂にはなく、かえって逆境の、山の中腹にある。

登山之目的無疑在攻頂，惟人生可愛之處往往不在山頂，反而在充滿逆境之山腹中。

四、段落轉換傳譯練習

經過前面三個階段的演練後，終於可以進入下一個階段的段落轉換傳譯練習了。如同筆者在第一講中所提到的跟讀練習（シャドーウィングトレーニング），待中日文的跟讀練習都沒問題後，我們就可進行段落的中日文互換逐步口譯練習了，此一階段順利過關後，大概就可進入市場接受現實的考驗了。

以下僅就各種不同場合的逐步口譯，摘錄幾段供各位讀者參考及練習。在這一階段的練習學習者就能體認傳譯工作，有時候真的是「譯意莫譯詞（言葉より中身）」，而非語言的照搬照譯，免得陷入見樹不見林的窘境。

〈致詞稿〉中進日－逐段口譯

❖ 中文原稿

今天金平非常榮幸，有這個機會宴請自二次大戰後，首次到台灣巡業的日本相撲力士，金平代表台灣人民，誠摯的歡迎各位到台灣來，歡迎你們。特別是日本相撲協會的北乃湖理事長，他也是第55代橫綱，北乃湖理事長和朝青龍兩位前任與現任橫綱到場，更增添今晚宴會的光采。

❖ 日文傳譯示範

MP3 2-001

私が本日、このような機会に恵まれまして第二次世界大戦後、初めて台湾巡業にいらっしゃった日本力士の皆様を招待できたことを非常に光栄に思っております。まず最初に、私が台湾住民を代表致しまして、皆様のご来訪を心から歓迎いたします。本当にようこそいらっしゃいました。特に、日本相撲協会の北の湖理事長は、ご自身も第55代目の横綱であり、北の湖理事長と朝青竜のお二方、元横綱と現役の横綱がそろってご出席くださったことで、今晩の宴会を一層盛り上げることとなりました。

〈解析〉

首先，台灣的政治人物往往在謙稱自己時，會將自己的姓名說出來，此時在傳譯時不要如法炮製，只要明確的用第一人稱代名詞「私」即可，不用金平長金平短的翻譯，反而會讓來賓聽的滿頭霧水。

誠摯的歡迎，可翻成「心から歓迎します」。另外，前任與現任橫綱，中文的前任用法並沒有再細分，當然也可以講成前前任，大致上均以前任帶過。不過，前任翻成日文時就有不同的講法，一般超過兩任以上的前任用「元」、如「元横綱」、「元大統領」等；如果是上一任則用「前」、如「前横綱」、「前大統領」等。依此類推，陳水扁前總統，現在就要用「元総統」；馬英九前總統就要用「前總統」。上文中，更增添今晚宴會的光采，此時翻成——今晩の宴会を一層盛り上げることになります，可能更為貼切。記得我們前面提到，「譯意莫譯詞」，不要拘泥於說好像「光采」兩字沒翻出來，事實上也翻不出來。畢竟中日文化背景不同，表達的方式也不盡相同。

❖ 中文原稿

俗話說，「沒有三兩三，怎敢上黃山」？意思是說，沒有膽大心細，不能爬上黃山。但是，光有三兩三還是不夠，各位前來台灣巡業的力士都要在「十兩」以上，個個都是藝高膽大，有一身好本事，才能出國宣揚日本國技的相撲力士。

❖ 日文傳譯示範

MP3 2-002

「それなりの本領がなければ黄山には登れない」と言われていますが、つまり、相応の度胸と慎重さを合わせ持たなければ、黄山と言う山には登れないということです。しかし、それなりの本領があっただけでは足りません。台湾巡業にいらした力士の方々はいずれも「十両」以上で心技体を兼ね備えていて、素晴らしい本領を持っているからこそ、海外で日本の国技を宣揚（せんよう）できたわけですね。

〈解析〉

傳譯最怕碰到俚語俗語、語帶雙關之類的講話方式，可又無法選擇講者。這裡的「沒有三兩三，怎敢上黃山」，沒有辦法直譯，只能迂迴的將其意涵翻譯出來。筆者將其翻成——それなりの本領がなければ黄山には登れない，也只能盡量貼其原意翻譯而已。重要的是講話者，只是要借「三兩三」的用語，

襯托出「十兩」，使其成為明顯的對照而已。臨機應變，腦筋快速翻轉，原本就是口譯工作者的特色，這不是一項非常具有挑戰性又刺激的工作嗎？

❖ 中文原稿

金平的友人們知道今天晚上本人有這個榮幸宴請各位力士，他們問本人，有沒有什麼感受？當時本人只感到很榮幸，但是今晚本人終於有了不一樣的答案，就是：

看到各位力士，就知道自己身材實在不好！

看到各位力士，就知道自己個頭實在太小！

看到各位力士，就知道自己粉絲實在太少！

看到各位力士，就知道自己功夫實在不高！

❖ 日文傳譯示範

MP3 2-003

私が光栄にして力士の皆様を接待するチャンスを手にしたことを知った友人たちに、何か特別な感慨があるかと聞かれましたが、その時はただ光栄だとしか感じていませんでした。しかし、今晩になって特別な感慨を抱くに至りました。それは即ち、

力士の皆様方を見て、自分の体つきの悪さがわかりました。

力士の皆様方を見て、自分が小柄すぎることがわかりました。

力士の皆様方を見て、自分のファンの少なさがわかりました。

力士の皆様方を見て、自分の力（技量）のなさがわかりました。

〈解析〉

逐步口譯，不但譯者要有過人膽量，在大庭廣衆之下不會怯場，又要能將講者的幽默、詼諧的一面如實的呈現出來。這一段前立法院長用了許多對比的方式，用來凸顯相撲選手的壯碩及龐然大物。口譯員在公開場合要能準確的將自我嘲謔的味道傳譯出來，不然就達不到應有的效果。亦即，多少要帶點表演的成分，而這表演的成分，是靠口譯員翻譯的聲音及表情來傳達。

另外，上述最後一段的「就知道自己功夫實在不高」，這裡的功夫如果直譯成「功夫（かんふ）」的話，反而彰顯不出味道，所以筆者在工作時是將其譯成「力（ちから）」。如前面所言，傳譯不是鸚鵡學語，只是語言的搬家（言葉（ことば）の引越（ひっこ）し）而已，應注意「譯意莫譯詞（言葉（ことば）より中身（なかみ））」，免得掉入語言的陷阱而不自知。

❖ 中文原稿

最後，祝各位相撲力士能夠有很好的成績表現，也希望未來日本相撲協會能夠年年到台灣舉行相撲比賽，讓台灣觀衆能夠不用出國，就能在台灣觀賞到日本國技的精湛演出。金平在此祝此次的日本相撲力士巡業圓滿成功，也祝各位在場來賓，身體健康，萬事如意。

❖ 日文傳譯示範

MP3 2-004

最後になりますが、力士の皆様方のご健闘をお祈りすると共に、これから日本相撲協会が毎年こちら台湾で取り組みを行うことができますよう、台湾の観客が外国へ行かずとも、台湾で日本国技の素晴らしさに触れることができますよう期待しております。この度の台湾巡業が円満裏に成功できますよう、並びにご列席の皆様のご健勝、ご多幸を祈念致しまして、私の挨拶と代えさせていただきます。どうもありがとうございました。

〈解析〉

傳譯最重要的是將中文翻成日文時，你的日文必須是日本式的講法；同樣的將日文翻成中文時，你的中文必須是流利的中文講法，而不是硬將字面上的詞彙翻成中文或日文，這樣會變得很不自然。例如，此段的「ご列席の皆様のご健勝、ご多幸を祈念致しまして、私の挨拶と代えさせていただきます」，與原文對照並非完全照中文的意思去翻譯，而是將該意思用最自然，日本人普遍聽得懂的客套方法翻譯出來而已。

〈致詞稿〉日進中－逐段口譯

❖ MP3 2-005

陳水扁中華民国総統閣下、令夫人、台湾政府要人の皆様、台湾在留の邦人代表の皆様：

❖ 中文傳譯示範

中華民國陳水扁總統閣下、第一夫人、台灣政府各級長官，以及在台日籍同胞代表，大家好。

❖ MP3 2-006

この度、三年余りに亘りました日本国交流協会台北事務所所長を辞するに当たり、本日、総統閣下ご自身より中華民国大綬景星勳章（たいじゅけいせいくんしょう）を賜りましたことは、私の身に余る光栄であります。また只今は、私の功績につきまして過分のお言葉をいただき恐縮の極みであります。

❖ 中文傳譯示範

此次，個人卸下擔任三年有餘之日本交流協會台北事務所所長職務，本日有幸渥蒙總統閣下親自頒贈中華民國大綬景星勳章，個人實感到無上之光榮。方才總統閣下對個人之功績，諸多溢美讚辭，個人惶恐之至。

〈解析〉

首先，「台湾政府要人の皆様」，筆者將其翻成「台灣政府各級長官」。如前所述，翻成中文時要符合台灣本地的說話習慣，唯有如此翻出來的詞句才會自然順暢。當然，官式場合的口譯，譴詞用句除要簡潔精準外，又要符合出席人士的身份地位，因此在傳譯時譴詞用句的要求較為嚴格，也要符合典雅、端莊的原則。讀者可以仔細品嚐中譯文示範的部分，與一般場合的口譯用法相較是否較為古典、優雅呢。當然，日本人講話較含蓄，也會造成這種現象。

另「辞するに当たり」，有許多人將其誤譯為「辭去」，此處應為「卸下～職務」之用法。此又印證翻譯不能只翻表面上的字意，而應將其真正的意涵弄清楚，才不會錯把馮京當馬涼。

◇ MP3 2-007

この三年間の日台関係を顧みますと日台両国政府の強い意志と努力の下（もと）で様々な発展が見られましたことを心から嬉しく思い、また私自身もその発展の一端に関与できましたことを幸せに思っております。それにしても、公私を問わず台湾の方々には大変お世話になり、気持ちよく充実した台湾生活を送ることができました。総統閣下を始め台湾官民の皆様のご厚誼（こうぎ）、ご支援に対し、この場をお借りして心からの感謝の意を表したいと思います。

❖ 中文傳譯示範

回顧這三年來的台日關係，在台日兩國政府強烈意志主導及努力之下，有許多令人欣慰的進展，個人何其有幸，能參與其中的工作。個人無論在公私方面，駐節貴國期間，承蒙各界愛護，在台生活相當充實愉快。對於總統閣下以及貴國政府、人民的隆情厚誼，個人謹藉此機會，表示由衷感謝之意。

❖ MP3 2-008

私（わたくし）としましては、もとより家内も同じですが、台湾を去ることは誠に淋しいことですが、幸いなことは台湾と日本は一衣帯水、いつでも好きな時に帰って来られることです。天の下では全ての営みに季節があるのだとすれば、私どもの台湾滞在は長すぎもせず短すぎもせず、丁度よかったと思っております。今後は一私人として台湾の将来に関心を持ち続け、台湾のあるべき姿の実現が一日も早く到来することを祈念していきたいと思います。また今後とも日台友好関係の推進に何かお役に立てたらとも願っております。

❖ 中文傳譯示範

個人及內人對即將離開台灣雖感不捨，所幸台灣與日本咫尺天涯，隨時都可回來。所謂「四時佳興與人同」，個人及內人旅居台灣時間不長不短，恰如其分。今後個人將以私人身分持續關注台灣未來的發展，並期盼台灣能早日實現應走之路的夢想。此外，個人也希望對今後台日友好關係的推動能有所貢獻。

〈解析〉

此處的「天の下では全ての営みに季節があるのだとすれば」，意思並不是那麼明顯，所以此時就要看譯者的功力了。筆者將其翻成「四時佳興與人同」，當然是取其意，將其用近似的詩句翻譯出來。另外，日本人講話語意不明處甚多，或許是外交官故意模糊焦點的策略運用亦未可知。如「台湾のあるべき姿の実現が一日も早く到来することを祈念していきたいと思います」，就講的模稜兩可，筆者將其譯成「期盼台灣能早日實現應走之路的夢想」。以上，僅提供各位讀者參考。

❖ MP3 2-009

最後に総統閣下、ご列席の皆様のご健勝、台湾と台湾国民のご発展を心からお祈り申し上げて、本日のお礼の言葉とさせていただきます。ありがとうございました。

❖ 中文傳譯示範

最後，由衷敬祝總統閣下政躬康泰，各位在座長官、先進，身體健康，萬事如意。貴國國運昌隆，國泰民安。以上，簡單致答謝詞，謝謝各位。

〈解析〉

筆者，再次整理前交協代表内田勝久大使獲頒贈勳章時的答謝詞，不禁感嘆人生無常。因内田大使在卸下交協代表職務返回日本後，沒多久就因病辭世了。在渠擔任交協代表期間，排除萬難首度在台舉辦日本天皇華誕酒會，迄今此一酒會已成慣例，且在渠任内也數次邀請斯時的總統等我國政要至其陽明山官邸餐敘，而筆者因職務關係有幸參與其中的口譯工作。而今，睹辭思人，其人已逝，人生無常，更加深刻體會。

平凡から非凡になるのは、努力さえすればある程度のところまで行けるが、それから再び平凡に戻るのが、難しい。

從平凡到非凡，只要努力即可達到某種境地，然要再度回到平凡則很難。

〈致詞稿〉中進日－逐段口譯

❖ 中文原稿

　　交流協會台北事務所沼田代表、立法院蘇院長、監察院張院長、亞東關係協會邱會長、各位貴賓、各位女士、各位先生，大家晚安！大家好！

　　很榮幸應沼田代表的邀請，出席貴國天皇陛下八秩晉三華誕慶祝酒會，首先謹代表中華民國政府及人民表達最誠摯的祝賀之意。

❖ 日文傳譯示範

MP3 2-010

　交流協会台北事務所の沼田代表、立法院の蘇院長、監察院の張院長、亜東関係協会の邱会長、並びにご来場の皆々様、今晩は。

　今晩、沼田代表のお招きをいただき、貴国天皇陛下83歳のご誕生祝賀レセプションに参加できたこと大変光栄に思っています。まず最初に、中華民国政府と国民を代表いたしまして、心よりお祝いの意を申し上げます。

〈解析〉

　各位貴賓、各位女士、各位先生，大家晚安！大家好！

　此為較西式的客套用法，同樣轉換成日文時需依日文講話的習慣方式去傳譯，當然各位貴賓的地方，可以如實的翻成貴賓の皆様，可是各位女士、各位先生，大家晚安！大家好！的部分，我們極難照中文的講法直譯，所以如前再三重複，翻譯並非只是文字的搬家而已，而是需將其代表的意涵翻譯出來才是王道。筆者，此處只用並びにご来場の皆々様、今晩は帶過而已。

❖ 中文原稿

台灣與日本地理相鄰，共享自由、民主、人權等普世價值，不僅各領域互動交流密切，兩國人民的友好情感也是極為深厚。過去每當重大災害發生時，雙方人民均慨伸援手，共度難關，此等情誼真是令人十分感動。我新政府成立後，為持續強化台日關係，特別敦請前行政院長謝長廷先生出使日本並由前國家安全會議秘書長邱義仁先生出任亞東關係協會會長，此不僅彰顯我政府重視台日關係，更盼藉由他們豐富的經驗，在既有的基礎上，深化兩國關係。

❖ 日文傳譯示範

MP3 2-011

台湾と日本は地理的に近い隣同士であり、また民主、自由、人権といった普遍的な価値を共有しており、さまざまな分野で交流が密接であるだけでなく、両国国民の絆も極めて深いものであります。これまで深刻な自然災害が発生するたびに、双方の国民がいつも暖かい援助の手を差し伸べて、ともに難関を乗り越えてきました。このような絆は感動に値するものであります。わが新政権が発足した後、引き続き台日関係を強化するため、特別に謝長廷元行政院長を駐日代表に任命し、また邱義仁元国家安全会議秘書長を亜東関係協会会長に任命しました。これは、わが政府の台日関係を重視する証であるほか、彼らの豊富な経験を通して、既存の基礎の上に、両国の関係をさらに深化させようとしているためであります。

❖ 中文原稿

我國與日本互為重要貿易夥伴，近年世界各國紛紛加強經貿策略聯盟以提升國家競爭力，期盼台日儘速藉由簽署經濟夥伴協定(EPA)，擴大深化雙邊經貿投資，同時協助台日企業合作拓展東協及南亞等市場。我們深信日本在安倍晉三首相領導下，必能帶領日本走向和平、繁榮之路，並與美國、我國等共同致力維護東亞的安定與發展。

最後敬祝日皇陛下政躬康泰，並祝兩國國運昌隆，人民幸福安康，各位貴賓萬事如意。謝謝！

❖ 日文傳譯示範

MP3 2-012

わが国と日本は、お互いにとって重要な貿易パートナーであり、近年になって世界各国が相次いで経済連携協定を締結して自国の競争力を向上しようとしています。是非とも、台日が速やかに経済連携パートナーシップ協定（EPA）を締結することによって、バイ経済貿易の投資をさらに拡大させ、それと同時に、台日企業がアライアンスしながらASEAN及び南アジア等の市場に進出したいと期待しています。私どもは、日本が安倍晋三首相のリードのもとにおいて、必ずや日本を平和、繁栄の道に導かれることを信じており、また米国やわが国と一緒に東アジアの安定と発展に取り組んでいけると確信しています。

最後に、天皇陛下のご健康とご多幸を祝し、並びに両国国運のご隆昌、国民のご安泰を祈念するとともに、ご来場の皆々様のご健勝とご繁栄をお祈り申し上げます。ご清聴、どうもありがとうございました。

〈解析〉

官方正式場合講話難免較為文雅，此處的政躬康泰，並祝兩國國運昌隆，人民幸福安康，各位貴賓萬事如意。亦是取其內涵精髓，而非直譯，此種情形切記口譯的最高指導原則「得意忘形」。如示範部分所示，筆者將其翻成ご健康とご多幸を祝し、並びに両国国運のご隆昌、国民のご安泰を祈念するとともに、ご来場の皆々様のご健勝とご繁栄をお祈り申し上げます。

此外，日本交流協會已從民國106年1月1日起，更名為日本・台灣交流協會了。因此，未來在做類似口譯工作時，應注意不要把名稱講錯了，有些時候看似小節的部分，但對部分人士而言，反而是最在乎的部分，不可不留意。

〈致詞稿〉日進中－逐段口譯

❖ MP3 2-013

リゥーホゥー（你好：こんにちは）

ただいまご紹介いただきました静岡マラソン実行委員長の後藤でございます。

台北マラソンと静岡マラソンの友好交流に関する覚書の交換に際しまして、一言ご挨拶を申し上げます。

❖ 中文傳譯示範

大家好。

個人是方才司儀介紹，靜岡馬拉松執行委員會委員長，敝姓後藤。

欣逢台北馬拉松與靜岡馬拉松締結友好交流合作備忘錄之際，謹由個人代表致詞。

❖ MP3 2-014

本年３月、静岡市内初のフルマラソンとして開催されました「第１回　静岡マラソン」は、１万名を超えるランナーと６万名もの観衆により、成功裡に終了することができました。

参加総数が12万人を超えるとも言われる台北マラソンに比べれば、まだまだ小さな大会ですが、今回の友好交流の調印をきっかけにして、さらに充実したものにしていきたいと考えております。

❖ 中文傳譯示範

今年3月，在靜岡市首次舉辦的全馬「第1屆靜岡馬拉松」，總共有超過1萬名跑者及6萬多名聲援的觀衆參與，結果順利圓滿成功。

當然，這等規模與聽說參加人數高達12萬人的台北馬拉松相比，簡直是小巫見大巫。不過，藉由此次締結友好交流合作備忘錄為契機，希望未來靜岡市的馬拉松，能夠更加的充實茁壯。

❖ MP3 2-015

その記念すべき第１回の静岡マラソンには、台湾からも何人かのマラソン関係者にお越しいただきました。

中でも台北市政府体育局の何局長は、実際にフルマラソンを見事な記録で完走され、私どもも大変驚いたわけでございます。

❖ 中文傳譯示範

在值得紀念的第1屆靜岡馬拉松比賽中，台灣也有幾位負責馬拉松事務的相關人士參與盛會。

其中，台北市政府體育局何局長，更是以優異的成績跑完全馬，讓我們都非常的訝異驚喜。

❖ MP3 2-016

さて、来年2015年は、我が国が誇る偉人「徳川家康公」が亡くなられて四百年目の大祭の年となります。

徳川家康公は、世界史上例のない265年にも亘る平和な時代の礎を築いた方であり、現在静岡市内の国宝久能山東照宮に神として祀られております。

来年の静岡マラソンも、引き続き家康公ゆかりの史跡を巡るコース設定とし、「家康公顕彰四百年記念事業」の情報を発信してまいりたいと考えております。

❖ 中文傳譯示範

明年2015年，是日本引以為傲的偉人「德川家康」，逝世四百週年，將盛大舉辦慶典的一年。

德川家康，可說是世上史無前例，開創265年和平盛世的關鍵人物，現在靜岡市內的國寶——久能山東照宮，就是奉祀德川家康的家廟。

明年靜岡馬拉松，我們會持續的將與德川家康有關的史蹟設為沿途路跑的景點，大力宣傳「德川家康逝世四百週年慶」的相關訊息。

❖ MP3 2-017

ぜひ来年は、台湾の皆さんにも「家康公四百年祭」が行われる静岡にお越しになり、併せて世界文化遺産である「美しい富士山」と「美味しい和食」を楽しんでいただきたいと考えております。

今回の友好交流の調印が、マラソンの交流だけにとどまることなく、台北と静岡、台湾と日本の揺るぎない友好へと大きく発展していくことを期待しております。

明日の「台北マラソン」の大成功を祈念いたしまして、私の挨拶とさせていただきます。

ドォウシャー（謝謝：ありがとうございました）

❖ 中文傳譯示範

希望明年，台灣各位先進能來靜岡，參加「德川家康逝世四百週年慶」大典，親自體驗並享受世界文化遺產，「美麗的富士山」及「美味的和食料理」。

個人衷心期盼，今天簽署的友好交流合作備忘錄，不僅侷限在馬拉松的交流合作而已，希望能藉此契機，大力發展台北與靜岡，甚至台灣與日本更堅固的友好情誼。

最後，敬祝明天「台北馬拉松」圓滿成功，以上謹權充個人的答謝詞。多謝。

〈解析〉

因文化背景不同，日本人講話多委婉含蓄又曖昧不明，鮮少直言不諱。有時看似希鬆平常的詞句，翻成中文時往往會苦於無適當的詞彙來填滿。另外，在翻譯時為讓意思更容易懂，可斟酌增添數語或刪減數語，惟不可破壞原文的意思。讀者諸君或可從上文的中文傳譯示範與日文原稿詳加比對，相信一定可以察覺出箇中的微妙差異處。

第三講

如何做好司儀及各種宴會場合的逐步口譯工作

有道是：「有人聚集的地方就有司儀（人の集まるところ司会者あり）」。特別是現代社會，各式各樣的典禮、會議場合，一切儀式能否順利進行，會議能否圓滿成功，往往扮演中心角色的就是司儀。

司儀的角色就像指揮交通的交通警察般，沒有人出面整合的人民團體，就如同沒有秩序的群衆（まとめ役のいない人間集団は、秩序のない群衆に過ぎません）。評估一個人的工作能力，經常會將該人士是否能在大衆面前擔任司儀，列為考核的工作項目之一。許多人將拋頭露面視為畏途，不敢在公開場合主持儀式或擔任會議進行的司儀（司会進行役）。更何況有志於口譯工作者，不但要擔任司儀的工作，往往類似的工作都是要身兼二職，即扮演司儀兼傳譯的角色，更是難上加難。

筆者由於工作性質的關係，經常要扮演司儀兼傳譯的角色，而且又多屬於官方正式的場合，一開始也是視當司儀兼傳譯為畏途。因為當司儀有時候還需要帶動唱，要能炒熱氣氛才是稱職的司儀。而慣於當傳譯的人有一毛病，那就是翻譯別人的話也許很在行，但是在公開場合講自己的話就不一定很流利順暢了，何況司儀不但要能帶動氣氛，又要具有演藝人員般的特質，對於一位專業的口譯工作者而言，可說是極大的挑戰。

記得筆者第一次粉墨登場，在大型晚會上當中日文的司儀兼傳譯，主辦單位還頗為慎重其事的租借燕尾服（タキシード）給我穿，筆者心想既可風光亮相又可賺到銀子，何樂不為？所謂初生之犢不畏虎（めくら蛇におじず），正是如此。到了現場才驚覺自己的無知，怎敢接下如此重大的工作，但是要逃已經來不及了，只好硬著頭皮綁鴨子上架，這就是筆者當司儀的初體驗。

一、司儀口譯應注意事項

司儀口譯千縷萬端，要做到盡如人意並不簡單，如前所述，除語言能力要超乎水準外，又要不怯場、台風穩、膽量夠，還要能談笑風生帶動氣氛。

以下僅就司儀的型態及司儀口譯應注意的事項，概括陳述如下：

筆者工作上曾經擔任過的司儀口譯種類及型態，計有儀式性的司儀口譯及會議司儀，舉凡總統主持的贈勳典禮、總統主持的宴會、各種官式宴會場合、婚喪喜慶、懇談會、新書發表會，以及會議進行的司儀兼傳譯、各種台日雙邊談判的司儀兼傳譯、台日學術研討會等。

司儀口譯並不單純的只是擔任司儀工作而已，往往需要用中日兩種語言各敘述一遍，因此較花費時間，所以需要掌握節奏，不可將時間拖的過於冗長。除此之外，還要注意到自己儀容是否整齊、講話的禮儀，表情態度、肢體語言、尤其是要能使用流利的中日文敬語及謙讓語。當然，上場前應確認好司儀的位置、來賓的頭銜、儀式進行的儀節、賓客致詞的順序、會議進行的程序等細節。

司儀口譯，主要是扮演潤滑劑及起承轉結的角色，所以發言務必簡短，且又要能凝聚向心力，然後再用很有自信的中日文雙聲帶介紹。因司儀口譯多為重要且正式的場合，建議可依不同形式的場合，先設計好開場白的中日文喬段，以免上場過於緊張，講話結結巴巴而破壞氣氛。所謂好的開始，就是成功的一半（いいスタートは成功(せいこう)の半分(はんぶん)を収(おさ)めたということです），就是這麼一回事。

另外，在做司儀口譯時要注意的地方，尚有：

（一）發音應盡量清楚、易懂（わかりやすい発音、発声に努力する），

（二）盡量使用淺顯易懂的字眼（わかりやすい表現に気をつける），

（三）多說肯定正面的話（肯定的な話し方をする），避免陰沈的講話方式（暗く沈んだ話し方を避ける），

（四）講話要有節奏感（リズムのある話し方をする），

（五）言行舉止幽默親切（ユーモアのある話し方をする）。

筆者所認識的口譯界同行裡頭，有人根本不願接大會司儀或逐步口譯的案子，原因無外乎是患有極為嚴重的上台表演恐懼症（演壇恐怖症），因此逐步口譯首先要克服的就是內心的恐懼，甚至需要有一點表演慾望的人（パフォーマンスが好きな人）較為合適。筆者建議可依下列方法勤加練習，假以時日當能克服此一心理障礙。

（一）可偷學別人當司儀的方法（他人の司会力を盗み取ること）。

或許用偷學的字眼不雅，但是相信任何事情都是如此，我們多是從模仿中來學習，學有心得後才能成一家之言。模仿行家的功力，可以讓我們很快的進入狀況，成功的機率也較高。所謂「獨創性，多是盜取前人的智慧」（独創性とは、すべて先人たちの盗窃である），不懂得模仿重要性的人，就是拒絕成長的人。察言觀色，從模仿中去學習，是讓自己進入專業的最佳捷徑。

（二）合理的反覆進行練習（理にかなった練習を重ねること）。

人如果經常失敗，就會對人生喪失信心。因此，應該活用前人或專家的經驗及經過分析後所得到的寶貴理論，重要的是要自己動腦筋，確實的反覆進行練習才行。任何事情都一樣，有萬全的準備，就立於不敗之地。成功無它，唯勤奮練習而已。可在上場執行司儀工作時，事先在家對著鏡子演練，包括自己的發音及表情等先自行檢視，改善自己的缺點。

另目前口譯市場上，筆者認為最風光的就是擔任大型晚會或國際性頒獎典禮等的司儀工作了。司儀不但可打扮的漂亮端莊，領的報酬也不比在口譯廂做同步口譯的人少。可以說是暨賺了面子又賺了裡子的工作。對自己的台風及臨場表現有自信的學習者，不妨以此為目標努力看看。

（三）不要一下子接太難的案子，應該從簡單的開始做起（やりやすいところから始まること）。

倘完全沒有司儀口譯經驗，應該從簡單的案子做起，不要一下子貿然接太大的案子，免得日後長期陷入上台恐慌症，那就得不償失了。譬如，公司内部的會議或少人數的聚會，或是非正式場合的宴會等需要有人帶動的司儀，皆是不錯的練膽機會。等建立信心，慢慢擴大目標後，就可以真正的粉墨登場，初試啼聲了。

（四）剛開始時先擬好各個喬段說話内容的講稿（最初は細かい発言まで書いてみること）。

即便是經驗老到的人，在當司儀口譯時，有時也會將每一段落要講的話事先擬好草稿，以防萬一。經驗尚淺的人，可以事先將每一段落要講的話寫在紙上，上場時再按表操課，或許沒那麼自然，但至少可以預防失控。等累積許多經驗後，自然就可以建立自己的風格了。當然，有時候主辦單位會臨時要求加入某某人上台講話或稍微變更儀節等，所以臨機應變不慌亂，也是這行工作的基本要求。

（五）活用機會，累積上場的經驗（チャンスを生かし、繰り返し場数をふむこと）。

實踐就是最好的演練。無論在腦海中反覆練習過幾次，不親自作為總有隔靴搔癢之感。所以，可以透過實踐慢慢累積實力，不要逃避上場，要用勇氣克服内心的恐懼，等累積一定的能量後，絕對可以成為箇中好手，變成炙手可熱，各界爭相邀訪的司儀口譯工作者了。

二、司儀口譯實際演練範例

接下來，試舉數例以供讀者諸君，做為司儀口譯的參考。如前所言，各位可以依各種不同場合的司儀，事先擬好司儀口譯稿，再將其翻成中文或日文備用即可。

✲。。❀。。 ❀ 。。❀。。✲

（一）歡迎晚宴司儀模擬口譯

❖ OS：

各位貴賓、各位女士、各位先生，大家晚安。我們晚宴即將開始，請各位貴賓儘速就坐，謝謝配合。

❖ MP3 3-001

ご来賓（らいひん）の皆様、今晩は。歓迎晩餐会をそろそろ始めたいと思いますので、どうぞ速やかにご着席をお願いします。ご協力、ありがとうございます。

❖ OS：

首先，由衷感謝各位貴賓在百忙當中，撥冗參加今天的歡迎晚宴。我是今天的司儀兼傳譯，敝姓蘇，將竭盡所能，希望能帶給各位佳賓一個歡樂又美好的夜晚，也請各位多多指教。現在有請今晚的主人，立法院蘇院長上台講幾句話。

❖ MP3 3-002

まず最初に、ご来賓の皆様方が本日お忙しい中、時間をさいていただいて、歓迎晩餐会にご出席くださったことを心から感謝しております。私が、本日の司会兼通訳であります蘇と申します。皆様方と楽しいひと時を過ごすことができればと思い、最後まで頑張って盛り上げて行きたいと思いますので、どうぞよろしくお願いします。それでは、本日のホスト役であります立法院の蘇院長から一言ご挨拶をお願いします。

◎ 院長致詞（院長挨拶）

❖ OS：

謝謝蘇院長。接下來有請日本慶賀我雙十國慶祝賀團，古屋圭司團長上台講幾句話。

❖ MP3 3-003

蘇院長、どうもありがとうございました。続きまして、日本からお越しのわが国双十国慶節祝賀団の古屋圭司団長よりお言葉を賜りたいと存じます。

◎ 日方團長致詞（団長挨拶）

❖ OS：

謝謝古屋團長。我想各位貴賓一定肚子餓了，但接下來這個程序如果沒有走完，我們的晚宴也無法正式開始。有請「台日國會議員交流聯誼會」副會長李鴻鈞委員帶領大家乾杯。也請各位貴賓，準備好您手中的酒杯並請斟滿美酒。我們有請李委員上台。

❖ MP3 3-004

古屋団長、ありがとうございました。ご来賓の皆様、さぞかしお腹がすいたかと思います。しかしながら、次のステップを終了させないと、宴会が始められません。それでは、乾杯のご発声は「台日交流議連」の副会長であります李鴻鈞先生にお願いします。皆様、どうか、お手持ちのグラスを満タンにしてご用意ください。李先生、どうぞ、壇上のほうへ。

◎ 〈乾杯儀式〉

❖ OS：

有道是：「莫使金樽空對月」，有時短暫的杯觥交錯，較枯燥乏味的會議，更能增加彼此間的瞭解。接下來的時間，希望各位貴賓能盡情享用美酒佳餚，多喝兩杯好好的增進彼此間的情誼。司儀也要暫時告退一下了。

❖ MP3 3-005

「杯を空にしてはならない」という言葉がありますが、時には一杯を交わすことは長時間論議するより、もっと相手のことを理解することができるといわれています。これからの時間は、どうぞ存分においしい料理を召し上がり、心ゆくまで大いに一杯を交わしていただきたいと存じます。司会の方も暫く失礼させていただきます。

❖ OS：

不曉得今天的菜色，各位貴賓是否滿意？相信還有許多貴賓仍意猶未盡，還想再多喝幾杯培養感情。不過，由於時間的關係，今天的晚宴到此即將告一段落。在結束之前，我們有請亞東關係協會邱會長來為我們今天的晚宴做一個總結。邱會長，請。

❖ MP3 3-006

本日のお料理はご来賓（らいひん）の皆様のお口にあったでしょうか。まだ多くの方が歓談したい、まだ飲み足りないと思いますが、時間も時間でございますので、今晩の宴会はこの辺でお開きとさせていただきたいと思います。お開きの前に亜東関係協会の邱会長に最後の締めくくりとして、一言を頂戴致したいと思います。邱会長、どうぞよろしくお願いします。

◎〈閉幕致詞（中締（なかじ）め）〉

❖ OS：

再次感謝各位貴賓今晚的蒞臨，希望在最短的時間內，能夠再度跟各位貴賓重逢。珍重再見，晚安。

❖ MP3 3-007

ご来賓（らいひん）の皆様、改めて今晩の宴会に出席してくださったことに対して心から感謝の意を表するとともに、近いうちにまたお目にかかりたいと希望しています。それではどうぞお元気で。

（二）日本天皇華誕慶祝酒會司儀模擬口譯

❖ OS：（MP3 3-008）

皆様、大変長らくお待たせいたしました。只今より、平成28年天皇誕生日祝賀レセプションを開始いたします。

❖ 各位貴賓，大家晚安。平成28年，日本天皇華誕慶祝酒會即將開始。

◎〈代表、外交部長、亜東関係協会会長ご登壇、ご着席〉

❖ OS：（MP3 3-009）

本日はご多忙のところ、ご臨席を賜り、誠にありがとうございます。始めに日本国国歌の演奏です。

❖ 非常感謝各位貴賓，今天在百忙當中，撥冗蒞臨酒會。首先，我們將演奏日本國歌。

◎〈「君が代」CD〉

❖ OS：（MP3 3-010）

それでは、日本交流協会台北事務所代表、沼田幹夫よりご挨拶させていただきます。

❖ 現在，我們有請日本交流協會台北事務所－沼田幹夫代表致詞。

◎〈代表挨拶〉

❖ OS：（MP3 3-011）

次に、外交部ー李大維部長にご挨拶をお願いいたします。

❖ 接下來，我們恭請外交部李大維部長致詞。

◎〈日本語通訳〉

❖ OS：（MP3 3-012）

李大維部長、どうもありがとうございました。

❖ 謝謝李部長。

❖ OS：（MP3 3-013）

続きまして、日本交流協会台北事務所代表ー沼田幹夫より乾杯の音頭を取らせていただきます。それでは皆様、グラスをお持ちください。

❖ 接下來，我們有請沼田代表帶領大家舉杯慶祝，請各位貴賓拿起您手上的酒杯。

◎〈代表による乾杯の発声〉

❖ OS：（MP3 3-014）

それでは皆様、どうぞお時間の許す限りご歓談ください。

❖ 今天的酒會備有各種餐點、飲料。敬請各位貴賓，盡情享用，謝謝大家。

◎〈歡談開始〉

❖ OS：（MP3 3-015）

ご歓談中恐れ入りますが、レセプションはこれにて終了とさせていただきます。本日はご来訪いただき、誠にありがとうございました。

❖ 各位貴賓，我們今天的慶祝酒會即將結束，再次感謝各位貴賓的蒞臨。謝謝大家！

名言佳句

鍛冶屋が腕を振って腕が太くなるように、元気を出し続けると、元気は増してくる。

就如同打鐵匠揮舞手臂會變粗般，持續不斷的提振精神，精神就會越加旺盛。

（三）會議進行模擬司儀口譯演練（一）

◎〈報到、領取資料（受け付け）〉

❖ OS：（MP3 3-016）

皆様、本日は、みずほ講演会にご来場いただき、誠にありがとうございます。定刻となりましたので、講演会を始めさせていただきます。私は、本日の司会を務めます、みずほ銀行台北支店副支店長の多田でございます。どうぞよろしくお願い申し上げます。

❖ 各位貴賓、各位先進，非常感謝各位出席今天瑞穗銀行的演講會。因為表定時間已到，我們要正式開始今天的演講會。我是今天的司儀，也是瑞穗銀行台北支店副店長，敝姓多田，敬請多多指教。

❖ OS：（MP3 3-017）

まず、本日のスケジュールですが、初めに「台湾経済を踏まえたグローバル為替動向」、「中国経済の状況と金融為替市場の動向」に関する講演がございます。その後、14時20分から14時55分までが「台湾経済の現状と展望」に関する講演の前半の部となり、20分間の休憩を挟んだ後、15時15分から「台湾経済の現状と展望」の後半の部となります。「台湾経済の現状と展望」の講演終了後、講演全体の質疑応答に入らせていただき、16時25分頃の閉会を予定しております。

❖ 首先，有關今天的議程，第一場我們將就「從台灣經濟來探索全球匯率的走向」，以及「中國經濟現況及金融匯率市場的走向」進行演講。之後，從下午2點20分到2點55分，我們會進行「台灣經濟現況及其展望」前半段的演講，之後休息20分鐘後，從3點15分起，再進行「台灣經濟現況及其展望」後半段的演講。等「台灣經濟現況及其展望」演講全部結束後，最後才進行現場提問及回答。整個演講會，預計將在下午4點25分左右結束。

❖ OS：（MP3 3-018）

最後にお願いですが、携帯電話はマナーモードへの切り替えをお願い致します。また、当会場の規定により、お配りしましたお水以外の会場でのご飲食、及び喫煙は禁止となっておりますので、よろしくお願い申し上げます。

❖ 最後，要請各位來賓配合的是，麻煩將您的手機設定為震動模式。另外，根據會場的規定，除了發給各位的礦泉水以外，是禁止在會場內吃東西及抽煙的，敬請各位來賓配合，謝謝。

❖ OS：（MP3 3-019）

それでは開会にあたりまして、みずほ銀行台北支店長の竹内功（たけうちいさお）よりご挨拶を差し上げたく存じます。それでは、よろしくお願いします。

❖ 開會儀式，首先有請瑞穗銀行台北支店長，竹内功先生致詞。

◎〈竹内支店長ご挨拶〉（竹內支店長致詞）

❖ OS：（MP3 3-020）

それでは、「台湾経済を踏まえたグローバル為替動向」の講演を行います。講演者は、みずほ銀行グローバルマーケッツ業務部台北資金室の矢口賢一（やぐちけんいち）でございます。それでは、よろしくお願いします。

❖ 接下來，我們要進行「從台灣經濟來探索全球匯率走勢」的演講。講者是瑞穗銀行全球市場業務部，台北資金室的矢口賢一先生。有請矢口先生。

❖ OS：（MP3 3-021）

ありがとうございました。ご質問につきましては、講演がすべて終わった後にお受けいたします。

続きまして、「中国経済の状況と金融為替市場の動向」の講演に移らせていただきます。講演者は、みずほ銀行（中国）有限公司中国為替資金部副部長の加辺猛（かべたけし）でございます。それでは、よろしくお願いします。

❖ 謝謝，矢口先生。這一部份的提問，等所有的演講結束後，再接受現場來賓的提問。

接下來，我們要進行「中國經濟現狀及金融匯率市場走向」的演講。演講者是瑞穗銀行（中國）有限公司，中國外匯資金部的加邊猛副部長。有請加邊先生。

❖ OS：（MP3 3-022）

ありがとうございました。こちらにつきましても、ご質問は講演がすべて終わった後にお受け致します。

続きまして、「台湾経済の現状と展望」の講演に移らせていただきます。講演者は、みずほ総合研究所調査本部アジア調査部中国室長の伊藤信悟（いとうしんご）でございます。それでは、よろしくお願いします。

❖ 謝謝加邊先生。這一部份的提問，同樣是在所有演講會結束後才接受各位的提問。接下來我們要進行「台灣經濟現況及其展望」的演講。講者是瑞穗綜合研究所調查本部，亞洲調查部中國室室長伊藤信悟先生。有請伊藤先生。

❖ OS：（MP3 3-023）

ありがとうございました。ご質問は後半の部終了後にお受け致します。

それでは、これより約20分の休憩に入らせていただきます。会場を出られて左手のスペースに飲み物、軽食を用意させていただきましたので、ご自由にご利用ください。なお、お手洗いは男性用が会場出て右側に、女性用が会場出て左側にございます。それでは、20分後の15時15分より後半の部の講演を始めさせていただきますので、ご協力の程お願い申し上げます。

❖ 謝謝伊藤先生。現場提問等後半段的演講結束後，再接受現場來賓的提問。

接下來，我們有20分鐘的休息時間。出會場左手邊，我們有準備一些飲料及點心，敬請各位來賓自行取用。另外，男生的洗手間在會場外右側，女生的洗手間在會場外左右兩側都有。接下來休息20分鐘，我們將在下午3點15分進行後半段的演講，敬請各位來賓在這之前，回到您的座位上。

❖ OS：（MP3 3-024）

それでは時間となりましたので、後半の部に移らせていただきます。よろしくお願いします。

❖ 表定時間已到，接下來我們要進行後半段的演講。伊藤先生有請。

❖ OS：（MP3 3-025）

ありがとうございました。それでは、これから本日の矢口、加辺、伊藤の講演につきまして、ご質問をお受け致します。お手数ですが、ご質問のある方は挙手にてお知らせ願います。指名された方は、机上に設置されているマイクをご利用いただきますが、お手元のボタンを押し赤く光ったらお話ください。

❖ 謝謝伊藤先生。接下來，對於今天矢口、加邊、伊藤三位講者的內容，開始接受現場各位來賓的提問。麻煩要提問的貴賓請舉手發問。另外，被點到名的來賓，請利用您桌上的麥克風發言，按鈕閃紅燈後即可講話。

◎〈質疑応答〉（現場提問）

❖ OS：（MP3 3-026）

それでは、これをもちまして「みずほ講演会」を終了いたします。

恐れ入りますが、お手元の通訳のイヤホン及びアンケート用紙を出入り口付近におります係りのものにお渡しいただきたく、お願い申し上げます。長時間にわたりご清聴いただき、誠にありがとうございました。

❖ 我們今天的「瑞穗演講會」就到此結束。

敬請各位來賓將您手邊的同步口譯耳機及問卷調查，交給門口附近我們的工作同仁，感謝各位的蒞臨，謝謝。

平凡（へいぼん）の凡（ぼん）を重（かさ）ねていけば、いつかは非凡（ひぼん）になる。

累積平凡的事蹟，有朝一日即會變成不平凡。

（四）雙邊談判會議司儀口譯模擬演練

◎〈第一天　（初日(しょにち)）〉

❖ OS：

各位貴賓、各位女士、各位先生，大家早安。現在開始正式舉行第41屆台日經貿會議。首先，恭請台灣方面代表團團長——亞東關係協會邱義仁會長致詞。

❖ MP3 3-027

来賓(らいひん)の皆様、おはようございます。只今より第41回台日貿易経済会議を開催いたします。それでは、最初に台湾側代表団亜東関係協会会長ー邱義仁団長よりご挨拶をお願い致します。

◎〈致詞（ご挨拶）〉

❖ OS：

謝謝邱團長。接下來恭請日方代表團團長——交流協會大橋光夫會長致詞。

❖ MP3 3-028

邱団長、ありがとうございました。続きまして日本側代表団団長交流協会の大橋光夫会長よりご挨拶を賜りたいと存じます。

◎〈致詞（ご挨拶）〉

❖ OS：

謝謝大橋團長。接下來恭請台灣顧問團代表——經濟部國貿局楊珍妮局長致詞。

◇ MP3 3-029

大橋団長、ありがとうございました。次に台湾側オブザーバーを代表致しまして、最高顧問－経済部国際貿易局の楊珍妮局長よりご挨拶をお願いします。

◎〈致詞（ご挨拶）〉

❖ OS：

謝謝楊局長。接下來恭請日方顧問團代表——經濟產業省通商政策局鈴木英夫局長致詞。

◇ MP3 3-030

楊局長、ありがとうございました。次に日本側オブザーバーを代表致しまして、経済産業省通商政策局の鈴木英夫局長よりご挨拶を賜りたいと存じます。

◎〈致詞（ご挨拶）〉

❖ OS：

謝謝。接下來我們要進行台日雙方團員的介紹，首先請邱團長介紹台灣方面的團員。

❖ MP3 3-031

ありがとうございました。それではこれより、台日双方の団員の紹介をお願い致します。最初に邱団長より台湾側の団員の紹介をお願い致します。

❖ （邱團長）：

團員介紹，請亞東關係協會蔡副秘書長來介紹。

❖ MP3 3-032

団員の紹介は、亜東関係協会の蔡副秘書長にしていただきたいと思います。

◎（蔡副秘書長）〈台湾側団員の紹介〉

❖ OS：

謝謝。接下來請大橋團長介紹日方的團員。

❖ MP3 3-033

ありがとうございました。続きまして、大橋団長より日本側の団員の紹介をお願い致します。

❖ MP3 3-034

（大橋団長）日本側の団員の紹介は交流協会台北事務所の花木副代表にしていただきたいと思います。

❖ 〈傳譯〉：

日方團員的介紹，請交流協會台北事務所花木副代表來介紹。

◎（花木副代表）〈日本側団員の紹介〉

❖ OS：

謝謝。請邱團長指派台灣方面各分組的主談人。

❖ MP3 3-035

ありがとうございました。台湾側各分科会の議長を邱団長よりご指名いただきたいと思います。

❖ （邱團長）：

台灣方面各分組主談人，一般政策組由亞東關係協會蔡副秘書長擔任，農林水產、醫藥、技術交流組由台北駐日經濟文化代表處經濟組張組長擔任，智慧財產權組由亞東關係協會經濟組林組長擔任。

❖ MP3 3-036

台湾側の議長は、一般政策分科会は亜東関係協会の蔡副秘書長、農林水産、医薬品、技術交流分科会は駐日台北経済文化代表処経済組の張組長、知的財産権分科会は亜東関係協会経済組の林組長にお願いします。

❖ OS：

謝謝。日方各分組主談人，我們要請大橋團長來指派。

❖ MP3 3-037

ありがとうございました。日本側各分科会の議長を大橋団長よりご指名いただきたいと思います。

❖ MP3 3-038

（大橋団長）日本側の議長は、一般政策分科会は交流協會台北事務所の花木副代表、農林水産、医薬品、技術交流分科会は石黒貿易経済部長、知的財産権分科会は高雄事務所の山下次長にお願いします。

❖ 〈傳譯〉：

日方主談人，一般政策組由交流協會台北事務所花木副代表擔任，農林水產、醫藥、技術交流組由石黑貿易經濟部長擔任，智慧財產組由高雄事務所山下次長擔任。

❖ OS：

謝謝。經貿會議開幕儀式到此告一段落。稍後十點開始到十二點，一般政策組在目前的所在地的國際廳舉行，農林水產、醫藥、技術交流組在長熙廳，智慧財產組在富宜春廳舉行。下午一點半恢復舉行，敬請各位在一點半以前回到各自的會場。

❖ MP3 3-039

ありがとうございました。これで本日の全体会合開会式を終了します。一般政策分科会はこの国際庁で、農林水産、医薬品、技術交流分科会は長熙庁で、知的財産権分科会は富宜春庁で10時より12時まで開催いたします。午後は13時30分に再開します。どうぞ、午後1時半までにそれぞれの会場にお戻りください。

◎〈第二天　二日目（ふつかめ）〉

❖ OS：

各位，大家午安。今天下午的會議將先由外交部WHO小組召集人方處長，就「台灣的國際人道醫療援助及國際醫療合作的貢獻」，做專題報告。

❖ MP3 3-040

皆様、こんにちは。本日午後の会合は、まず外交部WHO小委員会の召集人である方処長より、「台湾の国際人道医療援助及び医療衛生協力の貢献」について報告します。

◎〈專題報告〉

❖ OS：

謝謝。接下來我們請日本經產省大田室長來為我們介紹「日本的節能政策」。

❖ MP3 3-041

ありがとうございました。続きまして、日本経済産業省の大田室長より「日本の省エネ政策」についてご報告をお願いします。

◎〈專題報告〉

❖ OS：

謝謝。接下來我們要進行昨天各分組的討論報告。一般政策組，麻煩台灣方面的主談人亞東關係協會蔡副秘書長來為我們報告。

❖ MP3 3-042

ありがとうございました。続きまして昨日（さくじつ）行われました各分科会の報告をお願いしたいと思います。それでは、一般政策分科会の報告を台湾側議長である亜東関係協会の蔡副秘書長よりお願いします。

◎〈報告〉

❖ OS：

謝謝。農林水產、醫藥、技術交流組的報告，麻煩日方主談人交流協會石黑經貿部長來為我們進行。

❖ MP3 3-043

ありがとうございました。農林水産、医薬品、技術交流分科会の報告は、日本側議長である交流協会の石黒貿易経済部長よりお願いします。

◎〈報告〉

❖ OS：

謝謝。智慧財產組的報告，有請台灣方面的主談人——亞東關係協會經濟組林組長來為我們報告。

❖ MP3 3-044

ありがとうございました。知的財産権分科会の報告は台湾側議長である亜東関係協会経済組の林組長にお願いします。

◎〈報告〉

❖ OS：

各位辛苦了。我們現在要進行第41屆台日經貿會議的閉幕典禮。首先，請台灣方面的邱義仁團長代表致詞。

❖ MP3 3-045

皆様、大変お疲れ様でした。それではこれより第41回台日貿易経済会議の閉会式に移りたいと思います。最初に、台湾側を代表致しまして邱義仁団長よりご挨拶をお願い致します。

◎〈致詞（ご挨拶）〉

❖ OS：

謝謝。接下來我們要恭請日本方面的大橋光夫團長代表致詞。

❖ MP3 3-046

ありがとうございました。それでは日本側を代表しまして、大橋光夫団長よりご挨拶を宜しくお願い申し上げます。

◎〈致詞（ご挨拶）〉

❖ OS：

謝謝。現在我們要進行簽署同意會議記錄的儀式，請雙方團長移駕到簽署台前面來。

❖ MP3 3-047

ありがとうございました。それではこれより合意議事録（ごういぎじろく）の署名式を行いたいと思います。双方の団長はどうぞ署名台の前に移動をお願いします。

◎〈簽署儀式〉

❖ OS：

我們現在正式宣佈第41屆台日經貿會議到此結束。感謝各位參加本次會議，並且熱烈地參與討論。今晚的聯誼會，六點半開始在國賓十二樓「樓外樓」舉行，敬請各位踴躍參加。再次感謝各位，謝謝大家。

❖ MP3 3-048

これをもちまして第41回台日貿易経済会議を終了させていただきます。今回の会議に参加し、熱意を持って議論していただいた皆様に対して感謝いたします。なお、今夜の懇親会は18時30分よりここアンバサダーホテルの12階「楼外楼」で行います。皆様、どうぞ奮ってご参加ください。皆様、本当にお疲れ様でした。どうもありがとうございました。

失敗したところでやめてしまうから失敗になる。成功するところまで続ければ、それは成功になる。

失敗後就放棄，就會成為永遠的失敗者。成功後仍然持續努力，就會成為真正的成功者。

三、各種宴會場合致詞的逐步口譯演練

逐步口譯，又可分為有稿逐步口譯及無稿逐步口譯。當事前拿到致詞稿時，盡責的口譯員一定會事先將致詞稿翻好備用，不過講者往往會脫稿演出（アドリブ），所以不要以為事先拿到致詞稿就可以高枕無憂。有時講者會脫稿演出幾小段後又回到原先準備好的致詞稿上，所以此時口譯員要專心比對事前拿到的致詞稿，看是否有脫稿演出，當講者臨時增加某些段落或刪除某些內容時，需要適時的將之補齊或刪除，切記不可只照原先準備好的譯稿猛唸，以求蒙混過關了事。

當然，有一種情況是講者雖然事先準備好講稿，但到現場時卻決定不用，此時口譯員或許會懊惱白費功夫。不過，當知道講者要用自己的方式講時，口譯員即應全神貫注，準備傳譯並做筆記，而不要理會自己事先已經翻好的致詞稿，必須把它當作是無稿的逐步口譯來做才行。

不可諱言，口譯是語言轉換的藝術，要將之形諸於文字變成教材，難免過於呆板。以下僅就幾種不同宴會場合的致詞口譯，分成日翻中逐步口譯及中翻日逐步口譯兩種情形，提供讀者諸君做一參考演練。

〈宴會帶領乾杯　日進中　逐步口譯演練〉

MP3 3-049

皆様、今晩は。飯田でございます。大変僭越ながら、乾杯の音頭を取らせていただきます。お話し申し上げることは、今、林先生のおっ

しゃったこととまったく同じことでございます。私も第一回からずっと参加しておりますが、この会議の内容が非常によくなっていることにびっくりしております。

❖ 中文傳譯示範

各位貴賓，大家晚安。敝姓飯田，非常冒昧，謹由個人帶領大家乾杯。個人所要講的話與方才林教授所講的內容完全一樣。事實上，個人從第一屆會議開始即參加，對於會議的內涵越來越紮實，感到非常的驚喜。

❖ MP3 3-050

若干群盲象をなでるの感なきにしもあらずではございますが、今回の会議は知的刺激にあふれており、あっという間に二日間が過ぎてしまったという感じがします。来年以降も、益々充実した会議となることを確信しております。

❖ 中文傳譯示範

或許多少有點瞎子摸象的感覺，但本次會議充滿了知性與刺激，感覺轉眼間兩天的會議一下子就結束了。自是不用個人贅言，個人相信明年以後，本會議會越來越精彩。

❖ MP3 3-051

それでは、乾杯をしたいと思いますので、僭越ながら、ご唱和いただきたいと思います。乾杯！失礼致しました。

❖ 中文傳譯示範

現在敬請各位嘉賓共同舉杯，請恕個人冒昧，請各位同聲高呼，乾杯！謝謝大家！

〈宴會帶領乾杯　日進中　逐步口譯演練〉

❖ MP3 3-052

ご来場の皆様、台湾日本人会、台北日本工商会会員の皆様、新年明けましておめでとうございます。

本年も、昨年、一昨年にも増して、日台間交流が両政府並びに民間レベルにおいても、ますます盛んとなり、相互理解の下、世界のどこにおいても両国の友好と信頼が確固たるものとなりますことを祈念して、乾杯したいと思います。それでは、ご一緒にご発声をお願いいたします。「乾杯！」

❖ 中文傳譯示範

各位貴賓、各位女士、各位先生，台灣日本人會暨台北日本工商會各位會員朋友，大家新年快樂。

希望在新的一年，台日間的交流，無論在政府部門或民間層次，都能比去年及前年更加的緊密興盛，並期盼在相互理解之下，無論在世界任何地方，兩國之間的友好及互信都能更加的穩固，現在敬請各位共同舉杯，麻煩各位共同高喊「乾杯！」。

〈宴會　中進日　逐步口譯演練〉

❖ 首先，謹代表政府及人民，對古屋團長及各位貴賓，排除萬難出席中華民國105年雙十國慶，表示由衷歡迎之意。

❖ 日文傳譯示範

MP3 3-053

先ず最初に、政府と台湾住民を代表致しまして、古屋圭司団長をはじめ、並びに来賓（らいひん）の皆様方がこの度、万障（ばんしょう）お繰（く）り合（あ）わせの上、中華民国105年双十国慶節にご出席くださったことに対して、心から歓迎の意を表します。

❖ 各位在座貴賓都是我們的老朋友。今年5月20日，日華議員懇談會也曾組團參加我與陳建仁副總統的就職典禮。今天，能夠在總統府與各位再度相逢，感到非常高興。

❖ 日文傳譯示範

MP3 3-054

ご列席の来賓（らいひん）の皆様は、私どもの最もよき古きお友達です。今年5月20日、日華懇も祝賀団を結成して、私と陳建仁副総統の就任式典に参加なさいました。本日、再び総統府で皆様方と再会できたこと大変嬉しく思っています。

❖ 我們政府非常重視台日關係。現在負責對日事務的謝長廷大使及亞東關係協會邱義仁會長都是資深的政治人物。相信他們在既有的基礎上，一定可以更加深化兩國的交流。

❖ 日文傳譯示範

MP3 3-055

私どもの政権は極めて台日関係を重視しています。現在、対日事務を担当している謝長廷大使、及び亜東関係協会の邱義仁会長がともにベテラン政治家です。彼らは、必ずや既存の基礎の上において、両国の交流をさらに深化させることができると確信しています。

❖ 日前，立法院成立「台日交流聯誼會」，由蘇嘉全院長親自出任會長，也有許多立法委員踴躍參加，成為立法院最大的對外交流團體。這只不過是其中一個例子，也可以看出台灣是如何看重兩國的情誼。我也期待未來彼此能有更多合作的機會。

❖ 日文傳譯示範

MP3 3-056

先般、立法院の中で「台日交流議連」が立ち上げられ、蘇嘉全院長が自ら会長を務め、立法委員も奮って参加しており、わが立法院の最大の対外交流団体となりました。これは一つの例にすぎないですが、台湾が如何に両国の友情を大切にするかが垣間見ることができるかと思います。是非とも、これからもっと多くの連携のチャンスがあるよう期待しています。

❖ 在產業領域，台灣有完整的高科技供應鍊及工業技術人才，結合日本先進的研發及品牌行銷，相信一定可以生產出更具競爭力的產品。

❖ 日文傳譯示範

MP3 3-057

産業分野において、台湾は整備されたハイテクのサプライチェーンと工業技術関係の人材がおり、日本の先進的な研究開発とブランドマーケティングと結合して、より良い競争力のある製品を生み出すことができると信じています。

❖ 在經貿領域，台灣與日本在海外都有許多據點，我希望台日可以共享資源，相互合作進軍開發中國家，尤其是開拓東南亞及南亞等具有潛力的市場。

❖ 日文傳譯示範

MP3 3-058

経済貿易の分野において、台湾と日本の企業が海外で多くの拠点を持っており、台日がお互いにリソースを分かち合いながら、相互協力して新興国家への進出、特にASEAN諸国と南アジアといったポテンシャルのある市場への進出を目指していきたいと希望しています。

❖ 此外，台日間人員互訪極為頻密。日本是台灣人最喜歡旅遊的國家之一，我也期待有更多的日本人能來台灣觀光，體驗台灣的傳統風俗及多元的文化。

❖ 日文傳譯示範

MP3 3-059

その他に、台日間の人的往来が極めて頻繁です。日本は台湾の人々が一番旅行に行きたい国の一つです。私もこれからもっと多くの日本の方々が台湾観光できるよう期待し、台湾の伝統的な風俗や多元的な文化体験をしていただきたいと願っています。

❖ 由於歷史發展的關係，兩國人民對彼此的文化，有點知道又好像不是很清楚。知道後要瞭解就簡單了，正因為不清楚，才會充滿好奇心。我們可以說彼此都擁有合適的文化交流的土壤。

❖ 日文傳譯示範

MP3 3-060

歴史発展の関係によって、両国の国民がお互いの文化に対して、知ってはいますが、それほどよくわからないところもあります。知っているからこそ、理解するのも簡単です。よくわからないところがあるからこそ、好奇心に満ち溢れているのです。文化交流にふさわしい土壌がお互いに持っているといえましょう。

❖ 我希望在這塊土壤上，台日的友誼能持續成長。除再次感謝各位貴賓對我國的支持外，也敬祝各位訪台期間，事事順心如意。謝謝大家。

◇ 日文傳譯示範

MP3 3-061

私は、この土壌の上で台日友情が引き続き成長できるよう望んでいます。改めて、ご来賓(らいひん)の皆様方のわが国に対するご支持、感謝の意を表するとともに、台湾滞在期間中に全てうまく行きますようお祈り申し上げます。どうもありがとうございました。

一度(いちど)だけの人生(じんせい)だ。だから今(いま)この時(とき)だけを考(かんが)えろ。過去(かこ)は及(およ)ばず、未来(みらい)は知(し)れず。死(し)んでからのことは宗教(しゅうきょう)に任(まか)せろ。

人生只有一回，所以只想當下。過去遙不可及，未來不可知，死後的事情就交給宗教吧！

〈宴會　日進中　逐步口譯演練〉

◎ 打（う）ち上（あ）げパーティー（慶功宴）

❖ MP3 3-062

大相撲台湾場所は、大きな事故も無く、本日無事終了致しました。これも、ひとえに、台湾、日本の関係者の皆様のご尽力の賜物と感謝致します。

❖ 中文傳譯示範

大相樸，台灣巡迴公演，今天順利圓滿結束。這完全拜台日各界相關人士的鼎力支持所致，謹表謝忱。

❖ MP3 3-063

また、終了にあたり、このような盛大なパーティーを開催いただき、重ねて御礼申し上げます。17日に台湾入りをしましてから、行く先々で台湾の皆様から暖かい歓迎を賜り、力士並びに関係者一同感謝の念にたえません。

❖ 中文傳譯示範

在比賽圓滿落幕後，又渥蒙舉辦如此盛大的慶功晚宴，謹再次表示感謝。日本大相樸，自17日抵達台灣以來，所到之處都受到各界熱烈的歡迎，所有的相樸力士及工作同仁都銘感五中，深表感謝。

❖ MP3 3-064

また、本日はこのパーティーに日本からの「応援ツアー」の皆様がご参加されております。皆様、会場では暖かいご声援を賜り、誠にありがとうございました。

❖ 中文傳譯示範

另外，今晚的慶功宴，從日本遠道而來的「後援會」也出席盛會，衷心感謝各位在比賽場上的熱情加油。

❖ MP3 3-065

今回のトーナメントが、台湾での相撲普及の一助となり、また、新たな文化交流の架け橋となることを祈念申し上げまして、ご挨拶とさせていただきます。

❖ 中文傳譯示範

希望這一次在台灣舉行的錦標賽，能有助於在台灣推廣相樸運動，並希望相樸能成為兩國新的文化交流橋樑。以上簡單致詞，謝謝各位。

〈中翻日逐步口譯演練〉

◎ 總統國宴（総統主催（そうとうしゅさい）の晩餐会（ばんさんかい））

❖ 各友邦元首、副元首、特使團特使、各位貴賓、以及在座的鄉親好友：

❖ 日文傳譯示範

MP3 3-066

各友邦元首、副元首、特使団の特使、来賓（らいひん）の皆様、及びご列席の友人の皆様、今晩は。

❖ 本人謹代表中華民國政府及人民，歡迎各位貴賓出席今晚的宴會。古人說「有朋自遠方來，不亦樂乎」，各位的蒞臨，不僅本人與蕭副總統深感榮幸，全體台灣人民也分享了同樣的喜悅。

❖ 日文傳譯示範

MP3 3-067

まず最初に、私が中華民国政府と国民を代表致しまして、来賓（らいひん）の皆様の今晩のご出席を歓迎致します。孔子様曰く「友あり遠方より来る、また楽しからずや」、皆様のご出席は私並びに蕭副総統がともに光栄に思うだけにとどまらず、全台湾の国民も同じ喜びを分かち合っているものと思います。

❖ 這一次就職國宴在高雄地區舉行，乃是希望各國貴賓有機會感受台灣南部的風土人情，同時也讓我們南部的鄉親朋友一同參與就職慶典的活動。

❖ 日文傳譯示範

MP3 3-068

この度の就任式典の宴会を高雄地区で行いますのは、各国の来賓（らいひん）の皆様に台湾南部の風土と人情味を体験していただき、また南部の国民にも就任式典のイベントに参加してもらいたいと考えているからです。

❖ 高雄是一座美麗的城市，一百五十多萬市民像其他地區台灣人民一樣，非常的好客，誠摯的歡迎各位貴賓的蒞臨。藉此，本人也要感謝陳市長鼎力支持辦理這次國宴的活動。

❖ 日文傳譯示範

MP3 3-069

高雄は綺麗な町であり、台湾その他の地区の国民と同じように客（きゃく）好（ず）きな150数万の市民は心から、来賓（らいひん）の皆様のご来訪を歓迎しています。私もこの場を借りまして、陳市長が全力を挙げて、この度の就任式典の宴会に関するイベントをサポートしてくださったことに対して、感謝の意を表します。

❖ 節能減碳是目前全球關注的議題，需要各國一同努力，克服困難。因此，我們舉行就職活動也希望莊嚴而不奢華，愉快而不浪費。從交通工具的安排到國宴食材的選取，都儘量注意到節能減碳。我們希望歡慶的同時，也能夠減緩對環境的影響。

❖ 日文傳譯示範

MP3 3-070

省エネと二酸化炭素削減は現在グローバルに注目されている問題であり、各国がともに努力して克服しなければならないものです。そのため、私どもは就任式典は荘厳でありながら華美ではなく、楽しいながらも浪費のないことを希望していました。ですから、交通手段の手配から宴会の食材の選択まで、できるだけ省エネと二酸化炭素削減に注意を払い、お祝いすると同時に、環境に対する影響を減少したいと望んでおりました。

❖ 現在請大家共同舉杯，祝賀各國元首、副元首閣下政躬康泰，特使團各位特使女士、先生，以及各國慶賀團貴賓們身體健康，期盼大家有一個愉快的夜晚。

❖ 日文傳譯示範

MP3 3-071

それでは、どうぞ杯をあげて、各国の元首、副元首閣下の益々のご多幸、特使団の特使各位、並びに各国祝賀団の来賓（らいひん）の皆様の益々のご健勝をお祈り申し上げます。どうか、楽しい一夜をお過ごしになりますようお祈りします。

❖ 同時，也要祝福我們友邦各國國運昌隆，在本人擔任總統的期間，希望進一步鞏固邦誼，增進彼此合作。最後，感謝所有參加國宴的鄉親朋友的蒞臨，並預祝遠道而來的貴賓在台灣期間順利、愉快、圓滿！謝謝大家。

❖ 日文傳譯示範

MP3 3-072

それと同時に、私どもの友邦各国の国運がますます隆昌なることを祈り、そして、私の総統の任期内に皆様の国との関係をさらに固めて行き、相互協力を増進して行きたいと願っています。最後になりますが、今晩の宴会に参加なさったすべての同胞、友人の皆様に感謝するとともに、遠路からお越しくださった来賓（らいひん）の皆様が、台湾滞在期間中をすべて順調、円満にお過ごしになれますようお祈り申し上げます。どうもありがとうございました。

〈宴會　日進中　逐步口譯演練〉

◎ 宴會致詞（宴会挨拶（えんかいあいさつ））

❖ MP3 3-073

宮崎県知事の安藤でございます。一言、ご挨拶を申し上げます。

本日、大変ご多忙の中、ご出席いただき、ここに夕食会を催す機会を得まして、宮崎県及び宮崎県民を代表しまして、心より感謝申し上げます。

❖ 中文傳譯示範

個人是宮崎縣知事，敝姓安藤。首先，請容許個人簡單講幾句話。

今天，承蒙各位貴賓在百忙當中出席答謝晚宴，個人謹代表宮崎縣及宮崎縣縣民，表示由衷的感謝之意。

❖ MP3 3-074

さて、宮崎県では、台湾との観光などの経済交流を促進するため、1996年から毎年、経済観光交流訪問団が当地を訪問致しまして、観光誘致活動をはじめ、物産展、企業立地セミナー及び商談会を開催しております。

私は、昨年８月の知事就任後、初めての訪問となりますが、今回は観光誘致、企業誘致などの関係者約50名と一緒に参っております。

❖ 中文傳譯示範

宮崎縣為促進與台灣觀光等經濟交流，自1996年起每年均派遣經濟觀光交流訪問團訪問台灣，除舉辦觀光宣導活動外，也舉辦物品產及吸引貴國企業投資的座談會及招商活動。

個人在去年八月就任知事後，本次是初次訪問貴國，本次共帶領觀光宣導團、企業招商等相關人士，共50名左右來台訪問。

❖ MP3 3-075

これまで、ここにお越しの皆様を始めとする皆様のご協力によりまして、観光客の誘致や国際定期チャーター便の就航など、本県と台湾との交流は以前にも増して深くなってきております。

今後とも、台湾と宮崎との間の観光客の増加に加え、貿易、投資といった経済交流にも積極的に取り組んでまいりたいと存じますので、皆様方の更なるご支援、ご協力を賜りますようお願い致します。

❖ 中文傳譯示範

過往，承蒙在座各位貴賓的協助，在招攬觀光客及國際定期包機的飛航方面，敝縣與台灣間的交流，較之與以往的關係，變得更加密切。

今後，個人將更積極致力於推動台灣與宮崎縣的觀光交流，以及經貿投資等經濟交流活動，敬盼能獲得在座各位貴賓的鼎力協助及合作。

❖ MP3 3-076

本日は、粗宴ではございますが、お時間の許す限り、ご歓談いただければ幸いに存じます。

終わりに、本県と台湾との交流がより一層深まりますよう、また、本日ご出席の皆様のご多幸とご繁栄を心よりお祈りいたしまして、ご挨拶とさせていただきます。

❖ 中文傳譯示範

今晚，敬備菲酌，聊表心意，並請各位貴賓在時間允許範圍内，能盡情暢飲歡談。

最後，敬祝宮崎縣與台灣的交流能更上一層樓，並敬祝今晚出席的所有貴賓，身體健康，萬事如意。謝謝大家。

〈解析〉

不僅司儀或宴會等正式場合口譯員講話要得體，譴詞用句更是要讓聽者，覺得是有教養的人講出來的話。平常我們較不會文謅謅的講話，所以一旦在正式場合（フォーマル），往往不習慣會講出（インフォーマル）的話出來。所以有志於口譯工作的學習者，平常有機會應多參加研討會或出席各式宴會時，仔細聆聽司儀是如何開頭講話及貫穿全場的說話方式，從中去模仿揣摩，相信經過幾次磨練後，即可打造出自己的風格了。

四、常見司儀口譯及宴會逐步口譯用例寶笈

司儀及宴會逐步口譯，最重要的是講話要得體，無論是中文或日文都有所謂尊敬語和謙讓語。因此，譯者需習慣公開場合及正式場合的講法。的確，平常講話較不修飾的人上台口譯時，往往會發現自己的講話難登大雅之堂，太過粗魯。此種場合的逐步口譯，譯者表現好壞攸關主辦單位的面子與裡子，不得不小心應付。

建議有志於此項工作的學習者，可從日常言語生活習慣中去慢慢修飾，如果自己的口語表達是屬於口無遮攔型，那就要練習至少在公開場合講話時，能表現出穩重端莊，謙恭有禮的模樣。以下，僅就司儀或宴會口譯時較常出現之一般用語做一彙整，提供讀者諸君做為參考。當然學習者可從中再演變出多種不同的講法，如此才能舉一反三，學以致用。

〈司儀及宴會傳譯，中日文實際用例寶笈〉

1 各位貴賓，今天百忙當中渥蒙出席，謹由衷表示感謝之意。

MP3 3-077

⇨ 来賓（らいひん）の皆様、本日はお忙しいところご出席くださいまして、誠にありがとうございます。

2 今天宴會謹由個人擔任司儀，個人雖然對司儀工作生澀不熟練，但願竭盡所能全力以赴，敬請多多指教。

MP3 3-078

⇨ 本日の宴会の司会の役を務めさせていただきます。不慣れな司会ではございますが、一生懸命やりますので、どうぞよろしくお願い申し上げます。

3 各位貴賓，敬請共同舉杯，並請起立，預祝大會圓滿成功。

MP3 3-079

⇨ 来賓(らいひん)の皆様、恐れ入りますが、お手元のグラスをお持ちになってご起立ください。それでは、一緒に今大会(こんたいかい)の成功を祈りましょう。乾杯！

4 各位貴賓，敬請就坐。現在敬請各位享用美酒佳餚，盡情暢談，並預祝各位有一個美好的夜晚。

MP3 3-080

⇨ 皆様、どうぞご着席ください。引き続き宴会に入らせていただきます。どうぞお食事とお酒を召し上がりながらご歓談(かんだん)ください。そして、本日の宴席が皆様にとって素敵(すてき)な一夜(いちや)となりますようお祈りいたします。

5 各位貴賓，由於時間的關係，今天的晚宴到此即將告一段落，感謝各位對我笨拙的司儀工作的忍耐，讓我們共渡了一個美好的夜晚，感謝各位的光臨，再度謝謝大家，謝謝。

MP3 3-081

⇨ 来賓(らいひん)の皆様、時間の関係で本日の宴会はこれをもちましてお開(ひら)きとさせていただきたいと思います。私のつたない司会にもかかわらず皆様方のご支援によりまして、楽しい一夜(いちや)を過ごすことができましたこと、ほんとうにありがとうございました。あつく御礼(おんれい)申し上げます。どうもありがとうございました。

6 各位貴賓、各位女士、各位先生，大家早安。現在宣布第41屆台日經貿會議期中檢討報告正式開始。

MP3 3-082

⇨ ご来賓(らいひん)の皆様、ご列席の皆様方、おはようございます。只今より、第41回台日経済貿易会議のフォローアップ会合を始めさせていただきたいと思います。

7 首先，恭請大會主席致詞。

MP3 3-083

⇨ まず、最初に本大会の主席に開会のご挨拶をお願い致します。

8 接下來，恭請今天的主角田中老師為我們演講，演講時間大約一個半小時，接下來有半小時的時間接受現場各位朋友的提問。希望各位朋友都能將老師演講的內容變成自己的東西，並能在實務上加以應用。

MP3 3-084

⇨ これから本日の主役でいらっしゃいます田中先生にご講演をお願い致します。講演は1時間半ほどお話をいただいて、その後30分間、質疑応答の時間にしたいと思います。どうか先生のお話をご自分のものにして、実務の中で生かしていただきたいと思います。

9 請報上你的大名後，再提問題。

MP3 3-085

⇨ どうぞ、お名前をおっしゃってからご質問ください。

10 請再度以熱烈的掌聲，感謝田中老師今天為我們所做的精闢演講，並且感謝各位熱情的參與，謝謝大家。

MP3 3-086

⇨ 田中先生、本日は私どものために素晴らしい講演をしてくださいましてありがとうございました。改めてあつい拍手を田中先生にお送り下さい。また、ご列席の皆様方の熱烈なご参加、ありがとうございました。

11 敬祝各位貴賓，身體健康。萬事如意。

MP3 3-087

⇨ 来賓(らいひん)の皆様、これからも益々(ますます)のご活躍(かつやく)、ご多幸(たこう)を祈念(きねん)いたします。

12 首先，恭請田中先生致詞。

MP3 3-088

⇨ それでは、田中様より一言(ひとこと)ご挨拶(あいさつ)をお願(ねが)い致(いた)します。

13 各位貴賓久等了。今天天候不佳，又是年底百忙當中，承蒙各位蒞臨，實在是感激不盡。

MP3 3-089

⇨ 皆様、お待たせいたしました。本日は、あいにくの天気のなか、また、年度末のご多忙のところをご出席くださいまして、まことにありがとうございます。

14 現在，我們要共同舉杯慶祝，各位請起立，並請拿起您的酒杯，我們要請鈴木社長帶領大家來乾杯。

MP3 3-090

⇨ ここで、乾杯をしたいと思います。皆様、どうぞグラスをお持ちになって、お立ちください。乾杯の音頭を鈴木社長にお願い致します。

15 不顧百忙，特地撥出寶貴時間光臨，無任感激。

MP3 3-091

⇨ ご多忙にもかかわらず、特に貴重なお時間を割いて、ご来臨くださいまして感謝の意に堪えません。

16 請各位在時間允許的範圍内，盡情的輕鬆暢談。

MP3 3-092

⇨ どうか皆様方、時間の許す限り、ごゆるりと思う存分ご歓談ください。

17 久逢知己千杯少。

MP3 3-093

⇨ 久しぶりに知己に会うことができ、お酒を千杯飲んでもまだたりません。

18 如此眾多的嘉賓聯袂光臨，甚感榮幸。

MP3 3-094

⇨ かくも多数のご来賓の方々がお揃いでご光臨くださり、誠に光栄に存じます。

19 不辭路遠特地光臨，不勝感激。

MP3 3-095

⇨ 遠路はるばるご光臨を賜り、まことにありがとうございます。

20 敬請撥冗出席參加。

MP3 3-096

⇨ どうか万障を繰り合わせご光臨賜りたくお願い申し上げます。

21 今天能在這裡齊聚一堂共渡新春佳節，真是喜出望外。

MP3 3-097

⇨ 本日ここで皆様と楽しく一同に会し、共に新春の祝日を過ごせますことは望外の喜びであります。

22 個人謹代表本集團致以親切的祝賀之意，並表示由衷的感謝之意。

MP3 3-098

⇨ 私は当グループを代表し、切にお祝いを申し上げると共に、心から感謝の意を表します。

23 今晚宴席謹備薄酒粗肴，倘若各位嘉賓能暢飲歡談渡過一個愉快的夜晚，則個人將感到無比欣慰。

MP3 3-099

⇨ 今晩の宴会はほんの粗酒粗肴ではございますが、もし皆様がごゆるりと心ゆくまでご歓談され、今宵の一時を楽しく過ごしていただければ、これに過ぎる喜びはありません。

24 像今晚這般充滿友誼及和諧融洽的氣氛，個人一行實感賓至如歸，再次謝謝今晚的主人。

MP3 3-100

⇨ 今夕、このような友情に満ち、うちとけた雰囲気に浸りますと、私たち一同はあたかも我が家に帰ったような気分になります。改めて感謝申し上げ、本当にご馳走様でした。

25 今晚為吾等一行舉行如此盛大的歡迎晚宴，感謝各位的盛情招待。最後請容許個人借主人的酒，為會長及各位先進的健康而乾杯。

MP3 3-101

⇨ 今晩は私どものために、かくも盛大な宴会を催してくださり、心のこもったご歓談をしてくださいましたことに対し、衷心より感謝いたします。最後に、ご主人の杯をお借りし、会長を始めとする皆々様のご健康のために乾杯をさせていただきます。

26 心中有說不出的喜悅。

MP3 3-102

⇨ 言葉では言い表せない喜びであります。

27 「有朋自遠方來，不亦樂乎。」，歡迎各位的蒞臨。

MP3 3-103

⇨ 友あり、遠方より来る、また楽しからずや。皆様、ようこそおいでになりました。

28 「天下沒有白吃的午餐」

MP3 3-104

⇨ ただより高いものはありません。

29 「海內存知己，天涯若比鄰」

MP3 3-105

⇨ 内外に親友がいれば、世界も隣人となります。

30 「德不孤必有鄰」

MP3 3-106

⇨ 徳は孤ならず、必ず隣あり。

第四講

有稿逐步口譯演練及應注意事項

口譯工作，雖然是「兵來將擋，水來土掩」。但有極大的部份需要靠臨場反應，做好萬全的準備才是成功的第一步。尤其是事先拿到講稿時，應該先譯妥備用，免得講者照本宣科時驚慌失措。當然，有時講者雖然事前提供講稿，但臨時卻又不用講稿，或雖然照表操課，卻又部分脫稿演出。

總之，不管如何，「不俟敵之不來，俟吾有以待之」，事先做好萬全準備准沒錯。以下，僅就不同場合的有稿逐步口譯，提供數則範例，以供學習者練習參考。

一、政治類有稿逐步口譯演練

〈中進日 逐步口譯—總統就職演說〉

❖ 中文原稿

各位友邦的元首與貴賓、各國駐台使節及代表、現場的好朋友，全體國人同胞，大家好。

就在剛剛，我和陳建仁已經在總統府裡面，正式宣誓就任中華民國第十四任總統與副總統。我們要感謝這塊土地對我們的栽培，感謝人民對我們的信任，以及，最重要的，感謝這個國家的民主機制，讓我們透過和平的選舉過程，實現第三次政黨輪替，並且克服種種不確定因素，順利渡過長達四個月的交接期，完成政權和平移轉。

台灣，再一次用行動告訴世界，作為一群民主人與自由人，我們有堅定的信念，去捍衛民主自由的生活方式。這段旅程，我們每一個人都參與其中。親愛的台灣人民，我們做到了。

❖ 日文傳譯示範

MP3 4-001

友好国の元首と貴賓の皆様、各国駐台使節の代表者様、この場にお集まりの皆さま、及び国民同胞の皆様、こんにちは。

先ほど、私と陳建仁氏が総統府内で正式に中華民国第14代総統と副総統の大役をおおせつかることになりました。私たちは、我々を育んでくれたこの土地に、信頼してくれた人々に、感謝せねばなりません。そして、最も大切なことは、この国の民主的メカニズムが平和的な選挙の過程を通じて、三度目の政権交代を実現させてくれたことです。並びにさまざまな不確定要素はありましたが、四カ月に渡る政権の移行期を順調に乗り越え、政権の平和的移行を実現させてくれたことに感謝します。

台湾は再び行動を通じて世界に訴えたのです。民主人として、自由人として、私たちには、自由で民主的なライフスタイルを守る確固たる信念があります。これまで、私たちは皆これに携わってきたのです。親愛なる台湾の人々よ、私たちは成し遂げたのです。

❖ 中文原稿

我要告訴大家，對於一月十六日的選舉結果，我從來沒有其他的解讀方式。人民選擇了新總統、新政府，所期待的就是四個字：解決問題。此時此刻，台灣的處境很困難，迫切需要執政者義無反顧的承擔。這一點，我不會忘記。

我也要告訴大家，眼前的種種難關，需要我們誠實面對，需要我們共同承擔。所以，這個演說是一個邀請，我要邀請全體國人同胞一起來，扛起這個國家的未來。

國家不會因為領導人而偉大；全體國民的共同奮鬥，才讓這個國家偉大。總統該團結的不只是支持者，總統該團結的是整個國家。團結是為了改變，這是我對這個國家最深切的期待。在這裡，我要誠懇地呼籲，請給這個國家一個機會，讓我們拋下成見，拋下過去的對立，我們一起來完成新時代交給我們的使命。

在我們共同奮鬥的過程中，身為總統，我要向全國人民宣示，未來我和新政府，將領導這個國家的改革，展現決心，絕不退縮。

❖ 日文傳譯示範

MP3 4-002

申し上げたいことがあります。去る1月16日の選挙の当選結果について、私にはたった一つの解釈しかありませんでした。それは、人々が新たな総統と政権を選んだ際に、期待したのはたった四文字、「問題解決」だけでした。台湾はまさに今、非常に大変で困難な状況にあります。執政者は課題の解決に向けて、ひるむことなく挑まねばなりません。私はこのことを決して忘れません。

皆様にお伝えしなければならないことがあります。目の前のさまざまな難問に対し、私たちは真摯に向き合わねばなりません。我々が共に挑まねばならないことです。この演説は皆様への招待状です。国民全体が一丸となって、この国の未来を作っていきたいと思います。

国家というものが、指導者によって偉大になることはありません。国民全体が共に奮闘してこそ、国家は偉大になるのです。総統は変革のために、支持者を団結させるだけでなく、国全体を団結させるべきなのです。団結は変革のためです。これは、私がこの国に最も期待していることでもあります。皆様に心からお願いします。この国にチャンスをください。過去の偏見は捨てましょう。過去の対立を捨てましょう。私たちは一丸となって、新時代が私たちへもたらした使命を全うしましょう。

我々が共に奮闘する過程の中で、総統として、全国民に宣言します。今後、私と新政権は、国家の改革を先導するにあたって、この決意が揺らぐことは絶対にありません。

❖ 中文原稿

未來的路並不好走，台灣需要一個正面迎向一切挑戰的新政府，我的責任就是領導這個新政府。

我們的年金制度，如果不改，就會破產。

我們僵化的教育制度，已經逐漸與社會脈動脫節。

我們的能源與資源十分有限，我們的經濟缺乏動能，舊的代工模式已經面臨瓶頸，整個國家極需要新的經濟發展模式。 我們的人口結構急速老化，長照體系卻尚未健全。 我們的人口出生率持續低落，完善的托育制度卻始終遙遙無期。

我們環境汙染問題仍然嚴重。

我們國家的財政並不樂觀。

我們的司法已經失去人民的信任。

我們的食品安全問題，困擾著所有家庭。

我們的貧富差距越來越嚴重。

我們的社會安全網還是有很多破洞。

最重要的，我要特別強調，我們的年輕人處於低薪的處境，他們的人生，動彈不得，對於未來，充滿無奈與茫然。

❖ 日文傳譯示範

MP3 4-003

未来への道は歩きやすい道ではありません。台湾は、すべてのチャレンジに真っ向から立ち向かう新政権を必要としています。私の責任は新政権をリードしていくことです。

我が国の年金制度は、改革を進めなければ破綻してしまいます。

硬直した教育制度は、すでに社会の脈動から逸脱しつつあります。

エネルギー源とリソースは、極めて限られています。私たちの経済は、ダイナミックなエネルギーに欠けています。古い請負モデルは、すでにボトルネックに直面しています。国全体が新たな経済発展のモデルを必要としているのです。

人口は、急速に高齢化しており、介護システムは今なお不完全です。

出生率は低下しつつあり、完全な託児制度の目処が立っていません。

環境汚染問題は依然として深刻です。

国家財政も楽観できません。

司法は、すでに人々からの信用を失っています。

食品安全問題はすべての家庭を震え上がらせています。

貧富の格差はますます深刻になっています。

社会のセーフティーネットには、手抜かりが未だにあります。

私が特に強調したい、最も深刻な問題は、我が国の若者たちが低賃金の境遇にあることです。彼らがその境遇から抜け出すことは難しく、未来に対して無力感と不透明感でしかありません。

❖ 中文原稿

年輕人的未來是政府的責任。如果不友善的結構沒有改變，再多個人菁英的出現，都不足以讓整體年輕人的處境變好。我期許自己，在未來的任期之內，要一步一步，從根本的結構來解決這個國家的問題。

這就是我想為台灣的年輕人做的事。雖然我沒有辦法立刻幫所有的年輕人加薪，但是我願意承諾，新政府會立刻展開行動。請給我們一點時間，也請跟我們一起走上改革的這一條路。

改變年輕人的處境，就是改變國家的處境。一個國家的年輕人沒有未來，這個國家必定沒有未來。幫助年輕人突破困境，實現世代正義，把一個更好的國家交到下一代手上，就是新政府重大的責任。

❖ 日文傳譯示範

MP3 4-004

若者の未来は政府の責任です。若者に厳しい構造を変革できなければ、エリートが多く生まれたとしても、若者全体の境遇を改善することはできません。私は、これから与えられる任期の中で一歩ずつ、根本的な構造から、この国の問題を解決していきたいと考えています。

これが、私が台湾の若者のために取り組むべきだと思っていることです。私には、すぐ若者の給料を上げることはできませんが、新政権として直ちに行動に移したいと考えています。我々に少しだけ時間をください。私たちと共に、改革の道を進んでください。

若者の境遇の変革は、即ち国家の境遇の変革を意味します。国の若者に未来がなければ、国の未来は絶対にありません。若者の苦境からの脱出を手助けし、世代間正義を実現させ、さらに良くなった国を次の世代に手渡すことが、新政権の重大な責任です。

❖ 中文原稿

第一、經濟結構的轉型

要打造一個更好的國家，未來，新政府要做到以下幾件事情。

首先，就是讓台灣的經濟結構轉型。這是新政府所必須承擔的最艱鉅使命。我們不要妄自菲薄，更不要失去信心。台灣有很多別的國家沒有的優勢，我們有海洋經濟的活力和韌性，高素質的人力資源、務實可靠的工程師文化、完整的產業鏈、敏捷靈活的中小企業，以及，永不屈服的創業精神。

我們要讓台灣經濟脫胎換骨，就必須從現在起就下定決心，勇敢地走出另外一條路。這一條路，就是打造台灣經濟發展的新模式。

新政府將打造一個以創新、就業、分配為核心價值，追求永續發展的新經濟模式。改革的第一步，就是強化經濟的活力與自主性，加強和全球及區域的連結，積極參與多邊及雙邊經濟合作及自由貿易談判，包括TPP、RCEP等，並且，推動新南向政策，提升對外經濟的格局及多元性，告別以往過於依賴單一市場的現象。

❖ 日文傳譯示範

MP3 4-005

第一、経済構造の転換

より良い国を作るためには、今後新政権は以下の事を完遂します。

まず初めに、台湾の経済構造の転換です。これは新政権が必ず取り組まねばならない、最も難しい課題です。我々は自身の価値を見誤ってはなりません。まして、自信を失ってはなりません。台湾には、他国にはない優位性があるのです。海洋経済の活力と強靭さ、質の高い人的資源、実務的で信頼に値する技術者文化、成熟した産業チェーン、迅速かつ柔軟な仕事ができる中小企業、そして、決して折れることのない起業精神があるのです。

我々は台湾経済を換骨奪胎（かんこつだったい）させます。今に決意し、勇敢に従来とは違う別の道を歩んでいきます。この道とは、台湾経済発展の新たなモデルを作ることです。

新政権は、技術革新、就業、分配を中核として、永遠に発展し続ける新経済モデルを作ります。改革の第一歩として、経済の活力と自主性の強化と、グローバル及び地域の結束を強めます。積極的に多国間及び二国間の経済協力と、そして自由貿易の交渉に注力します。ＴＰＰ、ＲＣＥＰなど、さらに新南向政策を推進します。対外経済の布陣と多元性を向上させ、これまでの単一市場依存に別れを告げます。

❖ 中文原稿

除此之外，新政府相信，唯有激發新的成長動能，我們才能突破當前經濟的停滯不前。我們會以出口和內需作為雙引擎，讓企業生產和人民生活互為表裡，讓對外貿易和在地經濟緊密連結。

我們會優先推動五大創新研發計畫，藉著這些產業來重新塑造台灣的全球競爭力。我們也要積極提升勞動生產力，保障勞工權益，讓薪資和經濟成長能同步提升。

這是台灣經濟發展的關鍵時刻。我們有決心，也有溝通能力。我們已經有系統性的規劃，未來，會以跨部會聯手的模式，把整個國家的力量集結起來，一起來催生這個新模式。

在經濟發展的同時，我們不要忘記對環境的責任。經濟發展的新模式會和國土規劃、區域發展及環境永續，相互結合。產業的佈局和國土的利用，應該拋棄零碎的規畫，和短視近利的眼光。我們必須追求區域的均衡發展，這需要中央來規畫、整合，也需要地方政府充分發揮區域聯合治理的精神。

我們也不能再像過去，無止盡地揮霍自然資源及國民健康。所以，對各種汙染的控制，我們會嚴格把關，更要讓台灣走向循環經濟的時代，把廢棄物轉換為再生資源。對於能源的選擇，我們會以永續的觀念去逐步調整。新政府會嚴肅看待氣候變遷、國土保育、災害防治的相關議題，因為，我們只有一個地球，我們也只有一個台灣。

❖ 日文傳譯示範

MP3 4-006

その他にも、新政権は新たな成長エネルギーを揺り起こします。そうしてこそ、直面している経済の停滞を突破できるのです。我々は輸出と内需を起動力として、企業生産と人々の生活が表裏をなし、貿易と地域経済を緊密に結び付けさせます。

我々は、五大イノベーション研究計画を優先的に推進します。これらの産業により、全世界における台湾の新たな競争力を築きます。また、積極的に労働生産力を向上させ、労働者の権益を保障し、給与と経済成長も向上させます。

これは台湾経済の発展にとって鍵となるタイミングで、私たちには覚悟とコミュニケーション能力があります。もうすでに系統的なガイドラインもあります。今後は省庁を越えて協力し、国全体の力を結集させ、新たなモデルを促進していきたいと考えています。

経済発展と合わせて、環境に対する責任も忘れてはいけません。経済発展の新モデルは、国土計画や地域の発展、環境保全と密接に関わるものです。産業配置と国土の利用においては、断片的な計画と、短期的利益を求める視点は放棄すべきです。我々は地域の安定した発展を望まなければなりません。それには中央政府の計画と整合性が必要であり、地方政府も十分に地域間で提携して、問題を制御する覚悟が必要です。

我々はもう過去のように、自然資源と国民の健康を無制限に浪費するわけにはいきません。そのために、さまざまな汚染を厳格に抑制します。循環型の経済を目指して、廃棄物をリサイクル資源にします。持続的発展の考えから、エネルギー選択に関して調整を続けます。さらに気候の変化、国土の保全、災害の防止という一連の課題に真剣に向き合います。私たちには地球は一つしかないからです。私たちにとっても台湾は一つしかないからです。

❖ 中文原稿

第二、強化社會安全網

新政府必須要承擔的第二件事情，就是強化台灣的社會安全網。這些年，幾件關於兒少安全及隨機殺人的事件，都讓整個社會震驚。不過，一個政府不能永遠在震驚，它必須要有同理心。沒有人可以替受害者家屬承受傷痛，但是，一個政府，尤其是第一線處理問題的人，必須要讓受害者以及家屬覺得，不幸事件發生的時候，政府是站在他們這一邊。

除了同理心之外，政府更應該要提出解決的方法。全力防止悲劇一再發生，從治安、教育、心理健康、社會工作等各個面向，積極把破洞補起來。尤其是治安與反毒的工作，這些事情，新政府會用最嚴肅的態度和行動來面對。

在年金的改革方面，這是攸關台灣生存發展的關鍵改革，我們不應該遲疑，也不可以躁進。由陳建仁副總統擔任召集人的年金改革委員會，已經緊鑼密鼓在籌備之中。過去的政府在這個議題上，曾經有過一些努力。但是，缺乏社會的參與。新政府的做法，是發動一個集體協商，因為年金改革必須是一個透過協商來團結所有人的過程。

❖ 日文傳譯示範

MP3 4-007

第二、社会のセーフティーネットの強化

新政権が負わねばならない第二のつとめは、台湾社会のセーフティーネットの強化です。ここ数年、子供の安全を脅かす事件や無差別殺人事件が複数発生し、社会全体を震撼させました。しかし、政府がいつまでも震撼しているわけにはいきません。政府は被害者や国民と同じ痛みを感じなければなりません。被害者家族が負った心の傷を代わりに引き受けることのできる人はいません。しかし、不幸な事件が発生したときに、政府、特に現場で対応する者は、被害者やその家族の気持ちに寄り添わなければなりません。

そして、同情するだけでなく、再発防止策を提示せねばなりません。悲劇が再び起こることを全力で防止し、治安、教育、心のケア、ソーシャルワーク等により、前向きな姿勢で穴を埋めなければなりません。特に、新政権は治安と薬物乱用について、最大限に厳格な態度と行動をもって対処します。

年金改革は、台湾が発展する鍵となる改革です。この改革を遅らせることはできませんし、先送りもできません。陳建仁副総統が招集する年金改革委員会はすでに、本格的に準備を進めています。これまでの政権もこの問題について、一定の努力をしてきました。しかし、社会全体の関心は薄いものでした。新政権は集団協議を開催します。なぜなら、年金改革は、協議を経てすべての人が団結していく過程でなければならないからです。

❖ 中文原稿

這就是為什麼，我們要召開年金改革國是會議，由不同階層、不同職業代表，在社會團結的基礎上，共同協商。一年之內，我們會提出可行的改革方案。無論是勞工還是公務員，每一個國民的退休生活都應該得到公平的保障。

另外，在長期照顧的議題上，我們將會把優質、平價、普及的長期照顧系統建立起來。和年金改革一樣，長照體系也是一個社會總動員的過程。新政府的做法是由政府主導和規劃，鼓勵民間發揮社區主義的精神，透過社會集體互助的力量，來建立一套妥善而完整的體系。每一個老年人都可以在自己熟悉的社區，安心享受老年生活，每一個家庭的照顧壓力將會減輕。照顧老人的工作不能完全讓它變成自由市場。我們會把責任扛起來，按部就班來規劃與執行，為超高齡社會的來臨，做好準備。

❖ 日文傳譯示範

MP3 4-008

これが、年金改革国是会議（こくぜかいぎ）を招集する理由です。さまざまな階層、さまざまな職業の代表が、社会の団結の下に集い、共に協議するのです。私たちは一年以内に、実現可能な改革案を提示します。労働者にせよ公務員にせよ、国民一人ひとりの退職後の生活について、公平な保障を得られるようにすべきです。

そのほかに、高齢者介護に関する課題について、高品質でコスパのいい、普及のできる介護システムを作ります。年金改革と同様に、介護システムは社会を総動員していく過程でもあります。新政権は政府が計画を主導することで、地域社会のコミュニティーの発展を後押しします。社会が集団で相互扶助(そうごふじょ)することで、妥当かつ整ったシステムを樹立します。高齢者一人ひとりが自分の慣れ親しんだコミュニティーで、安心して老後の生活を送れる社会にすることで、各世帯が高齢者の介護にかかる負担を減らします。高齢者介護の仕事を、すべて自由市場に任すことはできません。我々は責任をもって、超高齢化社会の到来を迎えるための準備を、一歩一歩進めます。

❖ 中文原稿

第三、社會的公平與正義

新政府要承擔的第三件事情，就是社會的公平與正義。在這個議題上，新政府會持續和公民社會一起合作，讓台灣的政策更符合多元、平等、開放、透明、人權的價值，讓台灣的民主機制更加深化與進化。

新的民主制度要能夠上路，我們必須先找出面對過去的共同方法。未來，我會在總統府成立真相與和解委員會，用最誠懇與謹慎的態度，來處理過去的歷史。追求轉型正義的目標是在追求社會的真正和解，讓所有台灣人都記取那個時代的錯誤。

我們將從真相的調查與整理出發，預計在三年之內，完成台灣自己的轉型正義調查報告書。我們將會依據調查報告所揭示的真相，來進行後續的轉型正義工作。挖掘真相、彌平傷痕、釐清責任。從此以後，過去的歷史不再是台灣分裂的原因，而是台灣一起往前走的動力。

❖ 日文傳譯示範

MP3 4-009

第三、社会的公平と正義

新政権が取り組まなければならない第三の責務は、社会の公平と正義です。この問題について、新政府は市民社会との協力を続け、台湾の政策をより多元性、平等、開放、透明性、人権といった価値をさらに合致させ、台湾の民主メカニズムもさらに深めて進化させます。

新な民主制度をスタートさせるにあたり、私たちはまず、過去と向き合う共通の方法を探し出さねばなりません。私は総統府に、「真実和解委員会」を発足させます。そして、慎重かつ真摯に過去の歴史と向き合い、「移行期の正義」を追求する目的は、社会の真の和解を目指し、あの時代の過ちの教訓をすべての台湾人に学ばせることです。

我々は真相の究明から始め、三年を目処に、台湾による移行期の正義の調査報告書を完成させます。真実を究明し、傷を癒し、責任を明確化します。そして、過去の歴史はもう台湾を分裂させる原因にはならず、台湾を共に前進するための原動力へと転じるのです。

❖ 中文原稿

同樣在公平正義的議題上，我會秉持相同的原則，來面對原住民族的議題。今天的就職典禮，原住民族的小朋友在唱國歌之前，先唱了他們部落傳統的古調。這象徵了，我們不敢忘記，這個島上先來後到的順序。

新政府會用道歉的態度，來面對原住民族相關議題，重建原民史觀，逐步推動自治，復育語言文化，提升生活照顧，這就是我要領導新政府推動的改變。

接下來，新政府也會積極推動司法改革。這是現階段台灣人民最關心的議題。司法無法親近人民、不被人民信任、司法無法有效打擊犯罪，以及，司法失去作為正義最後一道防線的功能，是人民普遍的感受。

為了展現新政府的決心，我們會在今年十月召開司法國是會議，透過人民實際的參與，讓社會力進來，一起推動司法改革。司法必須回應人民的需求，不再只是法律人的司法，而是全民的司法。司法改革也不只是司法人的家務事，而是全民參與的改革。這就是我對司法改革的期待。

❖ 日文傳譯示範

MP3 4-010

また、同じような公平と正義の問題として、原住民族の問題に取り組みます。本日の就任式典では、原住民族の子供たちが国歌を歌う前に、先に彼らの集落に伝わる伝統的な調べを歌ってくれました。これは、私たちが後からこの島にやって来た順番を忘れてはならないことを象徴しています。

新政権は謝罪の意を込めて、原住民族に関する問題と向き合い、原住民族の史観を再構築し、段階的に自治を推進させ、言語文化の再生を行い、生活支援をしていくことが私が新政権をリードして推進する変革です。

さらに、新政権は積極的に司法改革を行います。これは、現段階では台湾の人々が最も関心を持っている議題です。司法は国民にとって遠い存在であり、人々の信頼を失っています。さらに司法は犯罪に対して有効な打撃を与えることができず、正義の最終防衛線としての機能が失われています。これは国民、みなが感じていることです。

新政権の決意を実現するため、今年十月に司法国是会議を開催します。人々が実際に参加し、社会の力をもって、司法改革を推進します。司法は必ず人々の要望に応えねばなりません。法律家のための司法ではなく、全民のための司法でなければなりません。司法改革もまた、司法関係者だけのことではなく、全民が参与する改革です。私は司法改革がそうなると期待しています。

❖ 中文原稿

第四、區域的和平穩定發展及兩岸關係

新政府要承擔的第四件事情，是區域的和平穩定與發展，以及妥善處理兩岸關係。過去三十年，無論是對亞洲或是全球，都是變動最劇烈的時期；而全球及區域的經濟穩定和集體安全，也是各國政府越來越關切的課題。

台灣在區域發展當中，一直是不可或缺的關鍵角色。但是近年來，區域的情勢快速變動，如果台灣不善用自己的實力和籌碼，積極參與區域事務，不但將會變得無足輕重，甚至可能被邊緣化，喪失對於未來的自主權。

我們有危機，但也有轉機。台灣現階段的經濟發展，和區域中許多國家高度關聯和互補。如果將打造經濟發展新模式的努力，透過和亞洲、乃至亞太區域的國家合作，共同形塑未來的發展策略，不但可以為區域的經濟創新、結構調整和永續發展，做出積極的貢獻，更可以和區域内的成員，建立緊密的「經濟共同體」意識。

❖ 日文傳譯示範

MP3 4-011

第四、地域の平和的発展と両岸関係

新政権が取り組むべき第四の責務とは、地域の平和の安定と発展、および両岸関係への適切な対処です。過去三十年間はアジアだけでなく全世界が激烈な変動期にありました。そして、世界全体及び地域経済の安定と集団安全保障が、各国政府にとってますます切実な課題となりました。

台湾は地域の発展において、欠かすことのできない鍵となる役割でした。しかし、近年、地域の情勢は急速に変化し、台湾が自身の実力と手札を有効に使わず、地域の実務に積極的に参画しなければ、取るに足らない存在になってしまうだけでなく、孤立化し、未来に対する自主権をも喪失してしまうかもしれません。

我々にはリスクがありますが、同時に転機もあります。台湾の経済発展は現状、地域の中にある多くの国との間で、高度な相互補完性を持っています。アジア太平洋地域の国々と協力し、未来の新たな発展モデルを形成することができれば、地域経済を一新し、構造を調整し、発展し続けることができます。さらに積極的に貢献することで、地域内のメンバーとの間で、緊密な「経済共同体」の意識を固めることができるのです。

❖ 中文原稿

我們要和其他國家共享資源、人才與市場，擴大經濟規模，讓資源有效利用。「新南向政策」就是基於這樣的精神。我們會在科技、文化與經貿等各層面，和區域成員廣泛交流合作，尤其是增進與東協、印度的多元關係。為此，我們也願意和對岸，就共同參與區域發展的相關議題，坦誠交換意見，尋求各種合作與協力的可能性。

在積極發展經濟的同時，亞太地區的安全情勢也變得越來越複雜，而兩岸關係，也成為建構區域和平與集體安全的重要一環。這個建構的進程，台灣會做一個「和平的堅定維護者」，積極參與，絕不缺席；我們也將致力維持兩岸關係的和平穩定；我們更會努力促成內部和解，強化民主機制，凝聚共識，形成一致對外的立場。

❖ 日文傳譯示範

MP3 4-012

我々は他国と資源、人材、市場を共有し、経済規模を拡大し、資源の有効活用をせねばなりません。「新南向政策」はこの考え方を基点にしています。我々はテクノロジーや文化、貿易など多方面にわたり、地域内のメンバーと幅広い交流と協力を行います。特にASEAN諸国及びインドとは多元的な関係を深めていきます。そして、対岸と地域の発展に関する問題について、共に参画していきたいと考えています。忌憚無く意見を交換し、さまざまな協力の可能性を追い求めていくのです。

積極的に経済発展に取り組むと同時に、アジア太平洋地域の安全情勢はますます複雑化し、さらに両岸関係は地域の平和と集団安全保障体制を構築するための重要な部分となっています。この体制構築の過程において、台湾は「平和の忠実な支持者」として、積極的に参画しています。我々は両岸関係の平和と安定の維持に全力を尽くします。さらに、台湾内部の和解促進に努め、民主メカニズムを強化し、共通認識を固めて対外的に一貫した立場をとります。

❖ 中文原稿

對話和溝通，是我們達成目標最重要的關鍵。台灣也要成為一個「和平的積極溝通者」，我們將和相關的各方，建立常態、緊密的溝通機制，隨時交換意見，防止誤判，建立互信，有效解決爭議。我們將謹守和平原則、利益共享原則，來處理相關的爭議。

我依照中華民國憲法當選總統，我有責任捍衛中華民國的主權和領土；對於東海及南海問題，我們主張應擱置爭議，共同開發。

兩岸之間的對話與溝通，我們也將努力維持現有的機制。1992年兩岸兩會秉持相互諒解、求同存異的政治思維，進行溝通協商，達成若干的共同認知與諒解，我尊重這個歷史事實。92年之後，20多年來雙方交流、協商所累積形成的現狀與成果，兩岸都應該共同珍惜與維護，並在這個既有的事實與政治基礎上，持續推動兩岸關係和平穩定發展；新政府會依據中華民國憲法、兩岸人民關係條例及其他相關法律，處理兩岸事務。兩岸的兩個執政黨應該要放下歷史包袱，展開良性對話，造福兩岸人民。

我所講的既有政治基礎，包含幾個關鍵元素，第一，1992年兩岸兩會會談的歷史事實與求同存異的共同認知，這是歷史事實；第二，中華民國現行憲政體制；第三，兩岸過去20多年來協商和交流互動的成果；第四，台灣民主原則及普遍民意。

日文傳譯示範

MP3 4-013

対話と意思疎通は、目標を達成するための重要な鍵です。台湾はまた、「平和のための積極的な意思疎通者」を目指します。我々は関連する各方面と、恒常的に緊密な意思疎通を行う体制を構築し、意見交換を随時行うことで、誤判断を防ぎます。そして、相互の信頼を深め、論争解決に向けて効果的に対応します。我々は謹んで、平和の原則と利益の共有原則を守り、関連する争議を解決にあたります。

私は中華民国の憲法に基づいて総統に当選しました。私には中華民国の主権と領土を守る責任があります。東シナ海と南シナ海の問題について、我々は争いを棚上げし、資源の共同開発を進めるべきだと主張します。

両岸間の対話と意思疎通では、現在のメカニズムの維持に尽力します。1992年に両岸の交渉窓口機関は、相互理解及び求同存異の政治的思考を基に、意思疎通と交渉を進め、わずかながらの共通認識と了解を得ました。私はこの歴史的事実を尊重します。92年以後、双方が20年以上にわたり交流と交渉の積み重ねで形成した現状と成果を、両岸が共に大切にして守っていくべきです。さらに、この既存の事実と政治基盤の上で、両岸関係の平和と安定、発展を推進し続けるべきです。新政権は中華民国憲法と、両岸人民関係条例及びその他の関連法令に基づき、両岸の業務を進めていきます。両岸の二つの政権与党は過去の旧概念を捨て、前向きな対話を展開し、両岸の人民の幸せを築くべきです。

私が今話した既存の政治的基礎には、いくつかの鍵となる要素があります。まず、1992年の両岸会談が歴史的事実であり、求同存異の共通認識も、やはり歴史的事実であるということです。第二に、中華民国の現行の憲法体制です。三つ目は、両岸は過去20年余りにわたり、交渉と交流による成果。四つ目は、台湾の民主的原則と普遍的な民意です。

❖ 中文原稿

第五、外交與全球性議題

新政府要承擔的第五件事情，是善盡地球公民的責任，在外交與全球性的議題上做出貢獻。讓台灣走向世界，也要讓世界走進台灣。

現場有許多來自各國的元首與使節團，我要特別謝謝他們，長久以來一直幫助台灣，讓我們有機會參與國際社會。未來，我們會持續透過官方互動、企業投資與民間合作各種方式，分享台灣發展的經驗，與友邦建立永續的夥伴關係。

台灣是全球公民社會的模範生，民主化以來，我們始終堅持和平、自由、民主及人權的普世價值。我們會秉持這個精神，加入全球議題的價值同盟。我們會繼續深化與包括美國、日本、歐洲在內的友好民主國家的關係，在共同的價值基礎上，推動全方位的合作。

❖ 日文傳譯示範

MP3 4-014

第五、外交とグローバル問題

新政権が取り組まなければならない第五の責務とは、地球公民としての責任をしっかり果たし、外交とグローバル問題で貢献することです。台湾を世界に向けて歩ませ、世界を台湾に呼び込みます。

この会場には、各国の元首や使節団の方々にお越しいただいています。長きに渡り一貫して台湾を助け、我々に国際社会に参加する機会を与えてくださったことに、感謝いたします。我々は今後政府間の交流や企業による投資、及び民間協力といったさまざまな形で、友好国と台湾発展の経験を共有し、持続的なパートナー関係を維持します。

台湾は世界市民社会の模範生です。民主化以来、我々は常に平和や自由、民主、人権といった世界の普遍的価値を堅持してきました。我々はこの精神を守り、全世界の議題である価値の同盟に加入いたします。米国、日本、欧州を含む、民主的国家との関係を深め、共通価値のもと、多方面での協力関係を押し進めます。

❖ 中文原稿

我們會積極參與國際經貿合作及規則制定，堅定維護全球的經濟秩序，並且融入重要的區域經貿體系。我們也不會在防制全球暖化、氣候變遷的議題上缺席。我們將會在行政院設立專責的能源和減碳辦公室，並且根據COP21巴黎協議的規定，定期檢討溫室氣體的減量目標，與友好國家攜手，共同維護永續的地球。

同時，新政府會支持並參與，全球性新興議題的國際合作，包括人道救援、醫療援助、疾病的防治與研究、反恐合作，以及共同打擊跨國犯罪，讓台灣成為國際社會不可或缺的夥伴。

❖ 日文傳譯示範

MP3 4-015

我々は国際的な経済貿易協力と規則の策定に積極的に参加します。グローバル経済の秩序をしっかりと維持し、重要な地域間貿易システムに融合していきます。我々は地球温暖化・気候変動の議題について、欠席することはありません。行政院でエネルギーと二酸化炭素削減を専門に扱う事務室を設立し、ＣＯＰ２１パリ協定の定めに基づき、温室効果ガスの削減目標を定期的に見直します。友好国家と協力して、共に地球を守り続けます。

同時に地球規模での新たな問題について、新政権は国際間協力を支持し、これに参加します。人道救助、医療支援、疾病の予防と研究、テロの防止、国際犯罪の共同取締りなどです。国際社会にとって、台湾を不可欠のパートナーにするのです。

❖ 中文原稿

1996年台灣第一次總統直選，到今天剛好20年。過去20年，在幾任政府以及公民社會的努力之下，我們成功渡過了許多新興民主國家必須面對的難關。在這個過程中，我們曾經有過許多感動人心的時刻和故事，不過，正如同世界上其他國家一樣，我們也曾經有過焦慮、不安、矛盾、與對立。

我們看到了社會的對立，進步與保守的對立，環境與開發的對立，以及，政治意識之間的對立。這些對立，曾經激發出選舉時的動員能量，不過也因為這些對立，我們的民主逐漸失去了解決問題的能力。

民主是一個進程，每一個時代的政治工作者，都要清楚認識他身上所肩負的責任。民主會前進，民主也有可能倒退。今天，我站在這裡，就是要告訴大家，倒退不會是我們的選項。新政府的責任就是把台灣的民主推向下一個階段：以前的民主是選舉的輸贏，現在的民主則是關於人民的幸福；以前的民主是兩個價值觀的對決，現在的民主則是不同價值觀的對話。

打造一個沒有被意識形態綁架的「團結的民主」，打造一個可以回應社會與經濟問題的「有效率的民主」，打造一個能夠實質照料人民的「務實的民主」，這就是新時代的意義。

◇ 日文傳譯示範

MP3 4-016

1996年の台湾の第一回総統直接選挙から、今日でちょうど20年が経ちました。この20年間、我々は政府と市民社会の努力のもと、多くの新興民主主義国家が必ず直面する難関を乗り越えてきました。その過程の中には、数多くの感動的な瞬間や出来事がありました。しかし、我々も世界の他国と同じように、我々も焦り、不安になり、矛盾し、そして対立も経験しました。

我々は社会の対立を目の当たりにしてきました。進歩と保守の対立、環境と開発の対立、そして政治的イデオロギーの対立です。これらの対立は、かつて選挙時の支持者動員の力となりましたが、これらの対立によって、我々の民主制度は問題の解決力が徐々に失われていきました。

民主とは一つのプロセスであり、その時代を生きる政治家はみな、自分の肩にかかっている責任を明確に認識せねばなりません。民主は前進するものですが、後退もするのです。私は今日、この場で、皆様に申し上げたいことがあります。民主の後退は、我々の選択肢にはありません。新政権の責任は、台湾の民主を次の段階に進めることです。これまでの民主は、選挙での勝ち負けでしたが、今の民主は人々の幸福に関係することなのです。これまでのは二つの価値観の対決でしたが、今の民主は、異なる価値観同士の対話なのです。

イデオロギーに縛られない「団結の民主」、社会と経済の問題に対応できる「効率的な民主」、そして人々を実質的にサポートできる「実務的な民主」を作ること、これらこそが新時代の意義なのです。

❖ 中文原稿

只要我們相信，新時代就會來臨。只要這個國家的主人，有堅定的信念，新時代一定會在我們這一代人的手上誕生。

各位親愛的台灣人民，演講要結束了，改革要開始了。從這一刻起，這個國家的擔子交在新政府身上。我會讓大家看見這個國家的改變。

歷史會記得我們這個勇敢的世代，這個國家的繁榮、尊嚴、團結、自信和公義，都有我們努力的痕跡。歷史會記得我們的勇敢，我們在2016年一起把國家帶向新的方向。這塊土地上的每一個人，都因為參與台灣的改變，而感到驕傲。

剛才表演節目中的一首歌曲當中，有一句讓我很感動的歌詞：（台語）現在是彼一天，勇敢ㄟ台灣人。

各位國人同胞，兩千三百萬的台灣人民，等待已經結束，現在就是那一天。今天，明天，未來的每一天，我們都要做一個守護民主、守護自由、守護這個國家的台灣人。

謝謝大家。

❖ 日文傳譯示範

MP3 4-017

我々に必要なのは、新時代の到来を信じることです。この国の主が固い信念をもっていさえすれば、新時代は必ずや我々の世代の中で誕生するのです。

親愛なる台湾のみなさま、私の演説はまもなく終わります。そして改革の開始です。今このときから、この国の責任は、新政権に託されました。私は皆様にこの国の変革を必ずお約束します。

歴史は我々勇敢な世代を記憶するでしょう。この国の繁栄、尊厳、団結、自信、公共の正義は、すべて我々の努力の成果なのです。歴史は我々の勇敢さを記憶するでしょう。2016年、我々は共に国家を新たな方向に導いていきます。この地にいるすべての人が、台湾の改革に参与できたことを、誇りに思うことでしょう。

先ほどの歌の歌詞の中に、私はとても感動した一言があります。「今がその日だ。勇敢な台湾人よ」という台湾語（方言）です。

国民同胞の皆さま、2300万人の台湾人民よ。待つのはもう終わりました。今がその日です。今日、明日、そしてこれからの一日一日、我々は民主を守り、自由を守り、この国を守る台湾人になるのです。

ご清聴ありがとうございました。

名言佳句

「できること」が増(ふ)えるより、「楽(たの)しめること」が増(ふ)えるのが、いい人生(じんせい)。

與其增加會的事情，倒不如增加可樂在其中的事情，這才是美好的人生。

〈政治類別 中進日 逐步口譯演練〉

（總統向原住民族道歉全文——総統が政府を代表して原住民族に謝罪文）

❖ 中文原稿

二十二年前的今天，我們憲法增修條文裡的「山胞」正式正名為「原住民」。這個正名，不僅去除了長期以來帶有歧視的稱呼，更突顯了原住民族是臺灣「原來的主人」的地位。

站在這個基礎上，今天，我們要更往前踏出一步。我要代表政府，向全體原住民族，致上我們最深的歉意。對於過去四百年來，各位承受的苦痛和不公平待遇，我代表政府，向各位道歉。

我相信，一直到今天，在我們生活周遭裡，還是有一些人認為不需要道歉。而這個，就是今天我需要代表政府道歉的最重要原因。把過去的種種不公平視為理所當然，或者，把過去其他族群的苦痛，視為是人類發展的必然結果，這是我們今天站在這裡，企圖要改變和扭轉的第一個觀念。

❖ 日文傳譯示範

MP3 4-018

22年前の今日、我々が憲法増修条文の中にある「山胞」を正式に「原住民」と呼称を改めました。この呼称の変更は、長期に渡る差別的呼称を除去したばかりでなく、原住民族が台湾の「そもそもの主人」であることをさらに強調しました。

この基礎に立ち、今日、我々がさらなる一歩を踏み出さなければなりません。私が政府を代表し、過去400年来、全原住民族の皆さまが受けていた苦痛と不公平な待遇を、深くお詫び申し上げます。

しかし、今日に至るまで、依然として謝罪する必要性を感じていない人々があることを、私は知っています。これは、私が政府を代表して謝罪する最も重要な事の一つです。我々は過去の様々な不公平を当前だと思いこみ、過去その他の原住民族が受けた苦痛を、人類発展の必然的な結果だと見なしたことが、我々が今日、この考えを改めなくてはなりません。

❖ 中文原稿

讓我用很簡單的語言，來表達為什麼要向原住民族道歉的原因。臺灣這塊土地，四百年前早有人居住。這些人原本過著自己的生活，有自己的語言、文化、習俗、生活領域。接著，在未經他們同意之下，這塊土地上來了另外一群人。

歷史的發展是，後來的這一群人，剝奪了原先這一群人的一切。讓他們在最熟悉的土地上流離失所，成為異鄉人，成為非主流，成為邊緣。

一個族群的成功，很有可能是建立在其他族群的苦難之上。除非我們不宣稱自己是一個公義的國家，否則這一段歷史必須要正視，真相必須說出來。然後，最重要的，政府必須為這段過去真誠反省，這就是我今天站在這裡的原因。

❖ 日文傳譯示範

MP3 4-019

さらに分かりやすい言葉で、原住民族の皆さまに謝罪する必要性について、説明致します。台湾という土地は、400年ほど前から人が住んでいました。これらの人々は、自分の生活を営み、自分たちの言語や文化、風習を元に、生活領域を形成していました。その後、彼らの賛同を得ることなく、この土地には別の民族が干渉してきました。

歴史の結果から見ると、後から来た民族は、元々そこに住んでいた人々の全てを奪いました。彼らは自分たちが住んでいた土地で散り散りとなり、主流派ではない異郷人（いきょうじん）として、周辺化されてしまいました。

一つの民族の発展は、別の民族の苦難の上に成り立っているのかもしれません。我々は正義のある国だというのなら、過去のこの歴史を正視し、真相を言わなければなりません。そして最も重要な事は、政府が過去のこの歴史に対して、誠心誠意反省することです。これが本日、私がここに立っている理由です。

❖ 中文原稿

有一本書叫做「臺灣通史」。它的序言的第一段提到：「臺灣固無史也。荷人啓之，鄭氏作之，清代營之。」。這就是典型的漢人史觀。原住民族，早在幾千年前，就在這塊土地上，有豐富的文化和智慧，代代相傳。不過，我們只會用強勢族群的角度來書寫歷史，為此，我代表政府向原住民族道歉。

荷蘭及鄭成功政權對平埔族群的屠殺和經濟剝削，清朝時代重大的流血衝突及鎮壓，日本統治時期全面而深入的理番政策，一直到戰後中華民國政府施行的山地平地化政策。四百年來，每一個曾經來到臺灣的政權，透過武力征伐、土地掠奪，強烈侵害了原住民族既有的權利。為此，我代表政府向原住民族道歉。

日文傳譯示範

MP3 4-020

「台湾通史」という本があります。序言の一行目に、「台湾はそもそも史書が存在しない。オランダ人が近代文明を啓蒙し、鄭氏がさらに台湾を建設し、清王朝が引き続き経営する」と書かれてありました。これは典型的な漢民族の歴史観です。原住民族は数千年前から、この土地に住んでおり、豊かな文化と知恵を持ち、それを代々受け継いでいました。しかし、我々は強い民族の視点からでしか歴史を書き残していません。そのため、私が政府を代表して、原住民族の皆さまにお詫びします。

オランダと鄭成功政権の平埔族に対する虐殺と経済的搾取（さくしゅ）、清王朝時代の大規模な反乱及び鎮圧、日本統治時代の全面的に行われた強制的な理番政策、戦後の中華民国政府が実施している山地の平地化政策に至るまで、実に400年に渡り、台湾にやってきた政権は武力をもって、山地を略奪し、原住民族の既存権益を激しく侵害してきました。そのため、私は政府を代表して、原住民族の皆さまにお詫びします。

❖ 中文原稿

原住民族依傳統慣習維繫部落的秩序，並以傳統智慧維繫生態的平衡。但是，在現代國家體制建立的過程中，原住民族對自身事務失去自決、自治的權利。傳統社會組織瓦解，民族集體權利也不被承認。為此，我代表政府向原住民族道歉。

原住民族本來有他們的母語，歷經日本時代的同化和皇民化政策，以及1945年之後，政府禁止說族語，導致原住民族語言嚴重流失。絕大多數的平埔族語言已經消失。歷來的政府，對原住民族傳統文化的維護不夠積極，為此，我代表政府向原住民族道歉。

❖ 日文傳譯示範

MP3 4-021

原住民族は、各々の慣習によって集落の秩序を維持し、伝統的な知恵によって生態の均衡を保っています。しかし、近代国家を建設する過程において、原住民族が自決と自治の権利を失ってしまいました。伝統的な社会組織が崩壊し、民族の集団的権利も認められていませんでした。そのため、私が政府を代表して、原住民族の皆さまにお詫びします。

原住民族はそもそも彼らの母語があり、日本統治時代の同化と皇民化政策により、1945年以降、政府が彼らの族語の使用を禁止したため、原住民族の言葉は深刻的な衰退をしてしまいました。歴代の政府は、原住民族の伝統文化の保護に積極的ではありませんでした。そのため、私は政府を代表して、原住民族の皆さまにお詫びします。

❖ 中文原稿

當年，政府在雅美族人不知情的情況下，將核廢料存置在蘭嶼。蘭嶼的族人承受核廢料的傷害。為此，我要代表政府向雅美族人道歉。

自外來者進入臺灣以來，居住在西部平原的平埔族群首當其衝。歷來統治者消除平埔族群個人及民族身分，為此，我也要代表政府，向平埔族群道歉。

民主轉型後，國家曾經回應原住民族運動的訴求。政府做過一些承諾、也做過一些努力。今天，我們有相當進步的《原住民族基本法》，不過，這部法律，並沒有獲得政府機關的普遍重視。我們做得不夠快、不夠全面、不夠完善。為此，我要代表政府，向原住民族道歉。

❖ 日文傳譯示範

MP3 4-022

政府は当時、ヤミ族の知らぬ所で、核廃棄物を蘭嶼島に投棄しました。故に、蘭嶼島で生活しているヤミ族は、核廃棄物との共存を余儀なくされました。そのため、私が政府を代表して、ヤミ族の皆さまにお詫びします。

また外来者が台湾に入った際、西部平野に居住していた平埔族が、真っ先に被害を受けました。歴代の統治者は、平埔族の個人の身分や、民族としてのアイデンティティーを取り除きました。そのため、私が政府を代表して、平埔族の皆さまにお詫びします。

民主化された後、国は原住民族の活動の訴えに応えたことがあります。その際政府は、要求を一部承諾し、行動にも移しました。故に、今日の我々には非常に画期的な《原住民族基本法》があるのです。しかしこの法律は、政府機関に未だ重視されていません。故に行動が遅く、大々的に実行できず、不完全なものとなっています。そのため、私が政府を代表して、原住民族の皆さまにお詫びします。

❖ 中文原稿

臺灣號稱「多元文化」的社會。但是，一直到今天，原住民族在健康、教育、經濟生活、政治參與等許多層面的指標，仍然跟非原住民族存在著落差。同時，對原住民族的刻板印象、甚至是歧視，仍然沒有消失。政府做得不夠多，讓原住民族承受了一些其他族群沒有經歷過、感受過的痛苦和挫折。為此，我要代表政府，向原住民族道歉。

我們不夠努力，而且世世代代，都未能及早發現我們不夠努力，才會讓各位身上的苦，一直持續到今天。真的很抱歉。

今天的道歉，雖然遲到了很久，但卻是一個開始。我不期望四百年來原住民族承受的苦難傷害，會因為一篇文稿、一句道歉而弭平。但是，我由衷地期待，今天的道歉，是這個國家內部所有人邁向和解的開始。

❖ 日文傳譯示範

MP3 4-023

台湾は「多元的な文化社会」と言われています。しかし、健康、教育、経済生活、政治参加等において、今日に至るまで、依然として原住民族と非原住民族の間に格差が存在しています。原住民族に対するステレオタイプのイメージや差別は、未だに解消されていません。政府の力が及ばず、原住民族の方々やその他の民族に経験したことのない苦痛と挫折を体験させてしまいました。私は政府を代表して、原住民族の皆さまにお詫びいたします。

我々には努力が足りませんでした。そして、そのことに気付いていませんでした。それゆえに、皆さまの身の上の苦痛が今日まで続いていたのです。本当に申し訳ございません。

本日の謝罪は、大変遅くなりましたが、この国にとって良いスタートです。原住民族の方々が400年間もの間、受けた苦痛と傷が一つの文章や一言の謝罪によって消えるものではないことは理解しています。しかしながら、この謝罪が、この国の全ての人々が和解に邁進するスタート地点となることを心から期待しています。

❖ 中文原稿

請容我用一個原住民族的智慧，來說明今天的場合。在泰雅族的語言裡，「真相」，叫做Balay。而「和解」叫做Sbalay，也就是在Balay之前加一個S的音。真相與和解，其實是兩個相關的概念。換句話說，真正的和解，只有透過誠懇面對真相，才有可能達成。

在原住民族的文化裡，當有人得罪了部落裡的其他人，有意想要和解的時候，長老會把加害者和被害者，都聚集在一起。聚在一起，不是直接道歉，而是每個人都坦誠地，講出自己的心路歷程。這個說出真相的過程結束之後，長老會要大家一起喝一杯，讓過去的，真的過去。這就是Sbalay。

❖ 日文傳譯示範

MP3 4-024

原住民族の知恵を拝借して、説明させていただきます。タイヤル族の言葉で、「真相」はBalayといい、「和解」はSbalayといい、Balayの前にSが付け加えられています。真相と和解は、実は関連性のある言葉なのです。言い換えれば、真の和解は、真心を込めて真相に向き合うことで、はじめて達成できるものです。

原住民族の文化では、集落のある人が他の人に非礼を働き、それを詫びたいとき、長老が加害者と被害者を一堂に集めます。これは直接に謝るのではなく、皆が自分の思いを腹を割って話すためです。真相を全て明らかにしたあと、長老は皆に一杯の杯を交わし、過去を酒とともに流すことを求めます。これがSbalayなのです。

❖ 中文原稿

我期待今天的場合，就是一個政府和原住民族之間的Sbalay。我把過去的錯誤，過去的真相，竭盡所能、毫無保留地講出來。等一下，原住民族的朋友，也會說出想法。我不敢要求各位現在就原諒，但是，我誠懇地請大家保持希望，過去的錯誤絕對不會重複，這個國家，有朝一日，可以真正走向和解。

今天只是一個開始，會不會和解的責任，不在原住民族以及平埔族群身上，而在政府身上。我知道，光是口頭的道歉是不夠的，為原住民族所做的一切，將是這個國家是否真正能夠和解的關鍵。

❖ 日文傳譯示範

MP3 4-025

私は、政府と原住民族間のSbalayを期待しています。私は、過去の過ちや真相を棚上げせず、全てを打ち明けました。後ほど、原住民族の皆さまにも、自身の考えを示していただきたいと考えています。私は、皆さまに今すぐ許してほしいとは求めません。しかし、誠意をもってお願いします。どうか希望をもってください。この国は過去の誤りを繰り返すことなく、必ずや正真正銘の和解に歩むことができると確信しています。

今日はスタートしたばかりです。和解できるかどうかの全ては、原住民族や平埔族の身の上にあるわけではなく、政府にかかっています。私の口先だけでの謝罪では足りないことは理解しています。原住民族のためにできる限りのことをしてこそ、この国が本当に和解ができるかどうかのキーポイントになると考えています。

❖ 中文原稿

我要在此正式宣布，總統府將設置「原住民族歷史正義與轉型正義委員會」。我會以國家元首的身分，親自擔任召集人，與各族代表共同追求歷史正義，也會對等地協商這個國家往後的政策方向。

我要強調，總統府的委員會，最高度重視的，是國家和原住民族的對等關係。各族代表的產生，包括平埔族群，都會以民族和部落的共識為基礎。這個機制，將會是一個原住民族集體決策的機制，可以把族人的心聲真正傳達出來。

另外，我也會要求行政院定期召開「原住民族基本法推動會」。委員會中所形成的政策共識，未來的政府，會在院的層級，來協調及處理相關事務。這些事務包括歷史記憶的追尋、原住民族自治的推動、經濟的公平發展、教育與文化的傳承、健康的保障，以及都市族人權益的維護等等。

❖ 日文傳譯示範

MP3 4-026

私は、ここで正式に発表します。総統府内で「原住民族の歴史的正義と、移行期の正義委員会」を設置します。国家元首として、自ら召集人を務め、各族の代表と共に歴史的正義を追求し、また対等な立場でこの国のこれからの政策の方向性について協議します。

総統府に設置される委員会で、最も重視しているのは、国と原住民族の対等関係です。各族代表の選出は、平埔族を含めて、いずれも民族と集落との共通認識にベースを置き、協議します。このメカニズムは、原住民族の集団的意思決定を基軸とするため、各族の生の声をそのまま反映することができるのです。

その他、私も行政院に「原住民族基本法推進委員会」を定期的に開催することを要求します。委員会の中で形成された政策関連のコンセンサスは、政府が行政院のレベルで協調し、関連の事務を処理します。これらの事務は、歴史的な記憶の整理、原住民族による自治の推進、経済の公平的な発展、教育と文化の伝承、健康の保障及び都市部で生活している原住民族の権益の維持等を包括します。

❖ 中文原稿

對於現代法律和原住民族傳統文化，有些格格不入的地方，我們要建立具有文化敏感度的「原住民族法律服務中心」，透過制度化的設計，來緩和原住民族傳統慣習和現行國家法律規範之間，日益頻繁的衝突。

我們會要求相關部門，立刻著手整理，原住民族因為傳統習俗，在傳統領域內，基於非交易的需求，狩獵非保育類動物，而遭受起訴與判刑的案例。針對這些案例，我們來研議解決的方案。

　　我也會要求相關部門，針對核廢料儲存在蘭嶼的相關決策經過，提出真相調查報告。在核廢料尚未最終處置之前，給予雅美族人適當的補償。

❖ 日文傳譯示範

MP3 4-027

　近代法律と、原住民族の伝統文化の間で相容れない部分に対応するため、我々は文化的理解のある「原住民族法律サービスセンター」を発足します。制度化された設計を通して、原住民族の伝統慣習が、現在の国の法律規範との間に頻繁に発生する衝突を緩和させます。

　我々は直ちに、関係部署に対し、原住民族の伝統風俗による、非保護類動物の狩猟に対する起訴、或いは刑を言い渡した事案について整理するよう願います。伝統の領域内であり、取引を目的とした物ではないのです。これらの事案に対して、我々は解決策を練っていきます。

　また関係部署に、核廃棄物が蘭嶼に貯蔵された経緯に対して、真相調査の報告を提出するよう願います。核廃棄物の最終処理が行えない現在、ヤミ族の人々に適切な補償を与えます。

❖ 中文原稿

　　同時，在尊重平埔族群的自我認同、承認身分的原則下，我們將會在九月三十日之前，檢討相關法規，讓平埔族身分得到應有的權利和地位。

今年的十一月一日，我們會開始劃設、公告原住民族傳統領域土地。部落公法人的制度，我們已經推動上路，未來，原住民族自治的理想，將會一步一步落實。我們會加快腳步，將原住民族最重視的《原住民族自治法》、《原住民族土地及海域法》、《原住民族語言發展法》等法案，送請立法院審議。

今天下午，我們就要召開全國原住民族行政會議。在會議中，政府會有更多政策的說明。以後每一年的八月一日，行政院都會向全國人民報告原住民族歷史正義及轉型正義的執行進度。落實原住民族的歷史正義，並建立原住民族的自治基礎，就是政府原住民族政策上的三大目標。

❖ 日文傳譯示範

MP3 4-028

それと同時に、平埔族のアイデンティティーや身分承認を尊重する原則の下、我々は９月30日までに、関係する法規を検討し、平埔族に分相応の権利と地位が得られるよう取り組んでいきます。

今年の11月１日、我々は原住民族の伝統領域の土地を画定し、公表します。また我々は既に、集落公法人の制度を推進しています。これから、原住民族による自治の理想を、一歩一歩、着実に実現していきます。我々は更に迅速に、原住民族が最も重視している《原住民族自治法》、《原住民族土地及び海域法》、《原住民族言語発展法》等の法案を立法院に送り、審議していただきます。

本日の午後、我々は全国の原住民族行政会議を開きます。会議の中で、政府から更に詳細な政策説明があります。これから毎年の8月1日、行政院が全国の国民に、原住民族に関する歴史的正義と移行期の正義の執行進捗状況を報告します。原住民族に関する歴史的正義を確実に推進し、さらに原住民族の自治基礎を構築することは、政府の原住民族政策を目指す三大目標の一つです。

❖ 中文原稿

我要邀請在場的、在電視及網路轉播前的全體原住民族朋友們，一起來當見證人。我邀請大家來監督，而不是來背書。請族人朋友用力鞭策、指教，讓政府實現承諾，真正改進過往的錯誤。

我感謝所有的原住民族朋友，是你們提醒了這個國家的所有人，腳踏的土地，以及古老的傳統，有著無可取代的價值。這些價值，應該給予它尊嚴。

未來，我們會透過政策的推動，讓下一代的族人、讓世世代代的族人，以及臺灣這塊土地上所有族群，都不會再失語，不會再失去記憶，更不會再與自己的文化傳統疏離，不會繼續在自己的土地上流浪。

❖ 日文傳譯示範

MP3 4-029

私は、本日ご臨席、またテレビ及びライブ配信を御覧になった原住民族の皆さまに、この宣言の立会人になっていただきます。皆さまに政府を監督し、裏書人になっていただくためではありません。原住民族の皆さんに、政府が約束を果たせるよう、本当に過去の誤りを正すことができるようご鞭撻、ご教示いただきたいと願っています。

私は、あらゆる原住民族の皆さまに感謝しています。貴方たちが、この国のあらゆる人たち、足元にあるこの土地、及び古い伝統に、掛け替えのない価値があることを教えてくれました。これらの価値の尊厳を守らなければなりません。

今後、我々は政策を推進することによって、次の世代の原住民族、代々の原住民族の人々のために、台湾で生活しているすべての民族が、自分の母語を失うことなく、自分のアイデンティティーに関する記憶を失うことなく、自分の文化伝統と乖離することなく、引き続き自分の土地でさまようことなく、という目標に向けて取り組んでまいります。

❖ 中文原稿

我請求整個社會一起努力，認識我們的歷史，認識我們的土地，也認識我們不同族群的文化。走向和解，走向共存和共榮，走向臺灣新的未來。

我請求所有國人，藉著今天的機會，一起努力來打造一個正義的國家，一個真正多元而平等的國家。謝謝大家。

❖ 日文傳譯示範

MP3 4-030

社会全体が一丸となって、我々の歴史、土地、違う民族の文化を認識することに期待します。和解、共存共栄、そして、台湾の新未来に向けて歩みましょう。

私は、全ての国民に、本日この機会を借りて、共に正義のある国、そして、正真正銘の多元的かつ平等な国作りに励むようお願いしたいと思います。ご清聴ありがとうございました。

〈解析〉

從上述兩個範例來看，吾人亦可瞭解雖是政治類別的致詞稿，但其內容並不僅提及政治性之議題而已，而是包括經濟、科技、軍事、國際關係、人文歷史等領域。另外，官方的致詞稿口號型的用語較多，要翻的得體平常就要注意政府的政策走向，當有新的口號或政策出現時，就要能將其翻成日文記載在自己的筆記本裡作為自己的資料庫，以備不時之需。所以，口譯工作能否勝任愉快，還得視是否有淵博的常識及懂得不同領域的單字而定。不斷的吸收新知，時時充實自己，才是進入這個領域的不二法門。

讀者諸君，還記得筆者在第一講中所介紹的「連想ゲーム」嗎？可以嘗試從上述就職演說及向原住民族道歉全文中去搜尋單字，並將其與相關字根串連在一起，整理歸納出屬於自己的單字庫。如同前面幾講所提，口譯工作者需在腦海中形成一個單字網絡，連接成各式各樣的單字資料庫，進而形成點、線、面的知識網絡，才能應付多變的時代需求。

此外，上述兩篇日文傳譯示範例，讀者當可發現有許多艱澀難念的日文，故在演練時最好能發出聲音來做練習，念的順暢流利，將來在做同步口譯時也會有很大的助益，敬請加油，多多練習。

人生に満足したければこうつぶやこう。「終わりよければすべてよし」。

倘要有滿意的人生，應如是說：「最後結局美好，就是最好的人生」。

二、經貿類別有稿逐步口譯演練

〈日進中　逐步口譯〉

❖ MP3 4-031

台北市日本工商会理事長の佐藤靖之です。本日はご多忙の中、行政院国家発展委員会の陳添枝主任委員もご出席賜り、誠にありがとうございます。

国家発展委員会には、白書提出の窓口として政府内にて各部署間を横断的にご調整いただくのみならず、政府内での理解を深めるようご配慮いただいております点、改めて御礼申し上げます。

「白書」は台湾で活動している日系企業が、現状抱える課題を改善するため、日々直面している問題点を台湾政府に対して要望するものであります。具体的には各部会にて作成した要望原案の内容を精査・検討し、「白書」として正式に台湾政府に提出しており、本年で8回目になります。

❖ 中文傳譯示範

個人是台北市日本工商會理事長佐藤靖之。今天，在百忙當中，渥蒙行政院國家發展委員會陳添枝主任委員出席，實在非常感謝。

國發會，是我們在台日商白皮書的提出單位，不但執行貴國政府跨部會間的協調工作，也協助貴國政府內部對我等在台日商需求的理解，謹再度表示感謝之意。

「白皮書」是在台灣活動的日系企業，為改善現存的諸多課題，將我等平常面臨的許多問題，整理後呈送給台灣政府並希望改善的建言書。具體內容由台北市日本工商會各個分組製作而成，將希望改善的項目內容詳加審查、檢討後，以「白皮書」的形式向貴國政府提出，今年已經是第8次了。

❖ MP3 4-032

前年の2015年の白書については、2015年11月6日に行政院国家発展委員会宛に提出し、その後の11月10・11日に日本の政府機関等に対して、直接当該白書内容等を報告しています。

当該白書は毎年12月上旬に開催される日台政府間の経済貿易会議や経団連を窓口とする東亜経済人会議においても参考にされており、多くの関係者からますます注目を集めてきています。

❖ 中文傳譯示範

去年2015年的白皮書，我們在2015年11月6日向行政院國家發展委員會提出，之後在11月10日及11日，我們也向日本政府相關單位，直接報告該白皮書的內容。該白皮書，在每年12月上旬舉行的日台政府部門間的經貿會議，以及以經團連為主的東亞經濟會議上也被列為重要參考依據，並受到各界人士的矚目。

❖ MP3 4-033

当該白書は、大きく分けて二部構成となっています。前半は「主要なる政策課題」と題して、マクロ的視点から台湾政府に対して提言する内容となっています。台北市日本工商会の主要幹部が議論を重ね、交流協会およびその他関係機関の意見も踏まえながらまとめたものです。後半は「個別要望事項」です。台湾で活躍している日系企業が現状の問題点及びその改善策を台湾政府に対して指摘・要望するものであり、台北市日本工商会の属する日系企業（正式登録数約460社）が参加する15の各部会（自動車、電機電子、医薬品医療機器、運輸観光サービス、食料物資、商社、一般機械、金融財務、建設等）より要望案として提出したものをもとに正式なテーマとして台湾政府に提出しています。

❖ 中文傳譯示範

該白皮書，主要由兩個部分組成。前半部的標題為「主要政策課題」，是從宏觀的角度向台灣政府提出建言。由台北市日本工商會主要幹部經過不斷的討論，並且參考交流協會及其他各機關的意見整理後提出。後半部則是「個別建議事項」。由在台灣打拼的日系企業，將現存的問題點及改善對策向台灣政府提出建言，主要是由台北市日本工商會所屬的日系企業（正式登記約有460家），以其所參加的15個分組（汽車、電機電子、醫藥及醫療器材、運輸觀光服務、食材物資、商社、一般機械、金融財物、建築等）提出的建言為基礎，作為正式的課題，向貴國政府提出建言。

❖ MP3 4-034

因みに、2015年の白書のうちの主要なる政策提言については、1・国内経済の改革、2・政策決定プロセスの透明化と政策の継続性、3・日台経済の連携の強化、推進、4・日台政府間の対話継続、5・グローバル化経済への対応、の5つの大きなテーマの下で各々コメントしました。

また、個別要望事項については40項目ありましたが、台湾政府の関係部署のご尽力と真摯な取組により8割の項目について何らかの進展が見られています。

❖ 中文傳譯示範

附帶一提，2015年的白皮書，主要政策建言共有，1、國內經濟改革，2、政策決過程透明化及政策的延續性，3、加強及推動日台經濟合作，4、持續日台政府間的對話，5、因應全球化的經濟變動等五大課題，並且各自做出評論。

此外，個別建議事項共有40個項目，在台灣政府相關部會的努力及誠摯的推動下，其中有八成項目，已可看到某些進展了。

❖ MP3 4-035

本年の2016年の白書概要については以下の通りです。

主要なる政策提言については、下記テーマのもとでコメントしています。

1・在台日系企業の現状と期待

2・国内産業振興策の拡充

3・海外進出のための環境整備

4・日台産業協力の強化

5・台湾政府への政策提言（まとめ）

また、個別要望事項については、今までの未解決内容を継続した22項目及び新規22項目の合計44項目となっています。

台湾政府政策に対する台北市日本工商会の提言と要望・台北市日本工商会当該白書の正式な提出も既に8年目になってきましたが、台湾政府側からも、「政府機能の効率化・改善は政府自身の大きなテーマであり、台北市日本工商会からの積極的な提言は大いに歓迎する」旨の力強い発言を頂戴しています。これも長年にわたる日台の良好な関係による信頼及び実績に基づくものです。民間レベルからの仔細なことでも率直に言いたいことを提言できる仕組みがあることは、日台双方にとり大変重要であり大切なことです。

❖ 中文傳譯示範

今年2016年白皮書的概要，如下列所示。

主要政策建言，如下列所示，並附有評論。

1・在台日系企業的現狀與期待

2・國內產業振興的擴充

3・海外進軍的環境整合

4・日台產業合作的強化

5・對台灣政府的政策建言

此外，在個別建議事項部分，除截至目前尚未解決的22項問題仍持續列入外，又追加22個新項目，總計有44個項目。

台北市日本工商會對台灣政府的政策建言，所提出的白皮書今年是第8次，台灣政府方面也將「提升及改善政府的效能，列為政府的重大課題，對台北市日本工商會的建言，也表示大為歡迎」。此乃基於長期日台友好，所建立的信賴關係，方得以獲致的成果。民間層級也能知無不言，並坦率提出建言的這種機制，對日台雙方而言，都是非常重要的機制。

MP3 4-036

新政権が発足し、五大創新産業政策、新南向政策が推進されようとしている中で、台湾に進出している日系企業を代表して台北市日本工商会として、台湾政府の経済政策にどのような形で協力することができるのか、真剣に考え台湾政府と議論を進めていかなければならないと考えています。台湾が経済的により発展し安定度を増すことは、日本国が希求し、また日本経済界も心から望むことであり、アジア全体のさらには世界の安定に寄与することであると考えています。台北市日本工商会としては、その実現のために精一杯の尽力をさせて頂く所存であります。

❖ 中文傳譯示範

蔡政府上台後，積極推動五大創新產業及新南向政策，身為在台投資日系企業代表的台北市日本工商會，對貴國政府的經濟政策，究竟能提供什麼樣的合作，我們也會認真地來思考，並與貴國政府進行協商。日本政府及財經界也都衷心期盼，台灣在經濟上能更加發展並增加其穩定度，並希望能對整個亞洲，甚至全世界的穩定、繁榮做出貢獻。台北市日本工商會，為實現上述目標，願竭盡所能從旁協助。

❖ MP3 4-037

本白書で提言しましたが、日台が協力して新しい「宝島」を創る為に、

■国内産業振興のために、社会インフラの早急な整備、五大創新産業政策推進の為の基盤整備及び規制緩和を進めること、またサービス業の振興政策及び投資や輸出を拡大する為の優遇政策の立案を進めること。

■海外進出のための環境整備を進める為、産業の部門をこえた輸出支援政策、TPP等の経済連携協定への加入、その為の国際ルール導入や規制緩和を進めること。

■これら産業構造の転換や国際競争力の強化のために、台湾の強みと日本の技術やノウハウを融合させるべく日台産業協力を更に強化し、新南向政策における日台連携を含め、これら推進のための

日台間協議や各種交流を充実させることを推進していただきたいと思います。

また、日本企業の子弟の多くが就学している日本人学校への継続的支援などについても考慮いただくことを願っています。

最後に、台湾政府が強いリーダーシップを発揮して新政策を執行することを切に願うとともに、今後も引き続き台湾政府の関係担当部署との意思疎通を密に保ちながら、懸案事項を着実に解決していくことができるよう、ご理解とご協力をお願いする次第であります。ご清聴、どうもありがとうございました。

❖ 中文傳譯示範

誠如本白皮書所建議般，為實現日台合作，共創新「寶島」，希望貴國能推動下列事項的改革。

■為振興國內產業，應儘速整修社會基礎公共建設，以及為推動五大創新產業，應推動相關基礎設施的整合及進行法規鬆綁。此外，為振興服務業及擴大投資及出口產業，應推動相關獎勵優惠措施的立法工作。

■為推動海外投資環境的整合工作，應擬訂產業跨部門協助出口的政策，以及為尋求加入TPP等經濟合作協定，應引進國際規範及進行相關法規的鬆綁。

■為強化產業升級及提升國際競爭力，應加強台灣產業強項及結合日本技術或NOUHOW的日台產業合作，包括在新南向政策中的日台合作，為推動上述計畫，應推動簽署更多的日台合作協定及充實各項交流活動。

此外，也期盼有許多日本企業子女就讀的日僑學校，貴國政府仍持續的惠予支持及協助。

最後，除衷心期盼貴國政府能發揮強大的領導統禦能力執行新政策外，也期盼今後能與台灣政府各部會保持密切的聯繫，務實地解決懸而未決的諸多課題，並希望能獲得各位先進的理解及協助。謝謝大家。

〈解析〉

用逐步口譯的方式進行，上述致詞稿自然不會一口氣全部講完才讓口譯員進行翻譯，一定是分成好幾段進行。不過，各位讀者也可以看到關鍵仍然在於專有名詞。所以，重複上述提到的觀念，從事口譯工作者要不斷的吸收新知充實自我，才能應付工作上的需求。

此外，日文講話較為含蓄、籠統，不像中文較為直接。且中日文結構不同，往往要聽到最後才知道是肯定或否定。故在翻譯時為補足意涵，有時需要增減數語，讓意思更加完整，更容易聽得懂。各位讀者，可以從上述中文傳譯示範中細細品味，有些並不是那麼直接地從日文翻譯過來，而是經過些許轉化傳譯而來。

下列，茲將上文出現的部分單字，以「連想ゲーム」的方式來進行腦力激盪，並希望學習者能如法炮製，牽引出更多的單字量，在自己的腦海中建構龐大的單字資料庫。

➡ 白皮書　白書（はくしょ）

➡ 藍皮書　青書（あおしょ）

➡ 綠皮書　グリーンペーパー

➡ 紅皮書　レッドペーパー

➡ 黃皮書　イエローペーパー

➡ 黑皮書　ブラックペーパー

➡ 休妻書　三行半（みくだりはん）

➡ 自白書　供述調書（きょうじゅつちょうしょ）

➡ 陳情書　陳情書（ちんじょうしょ）

➡ 意見書　建白書（けんぱくしょ）

➡ 建議書　要望書（ようぼうしょ）

➡ 悔過書　始末書（しまつしょ）

➡ 切結書　誓約書（せいやくしょ）

➡ 請願書　嘆願書（たんがんしょ）

➡ 意向書　趣意書（しゅいしょ）

➡ 五大創新產業　五大イノベーション産業（さんぎょう）

➡ 新南向政策　　　新南向政策

➡ 5+2產業（五大創新產業+新農業及循環型經濟）

5+2産業（五大イノベーション産業+新農業及び循環型経済）

五大創新產業是指：綠能、亞洲矽谷、智慧機械、生技製藥、國防產業

五大イノベーション産業：グリーンエネルギー、アジアのシリコンバレー、スマート機器、バイオ医薬、防衛産業

當然，與上述五大創新產業及新南向政策等有關的單字相當多，學習者如有興趣可以依樣畫葫蘆，相信可以衍生出相當多的單字出來。建立自己的單字庫並無其他訣竅，唯有勤奮而已。加油！！

希望は人を成功に導く信仰である。希望がなければ、何事も成就するものではない。

希望是引領人走向成功的信仰。沒有希望，我們將一事無成。

三、產業類有稿逐步口譯演練

產業領域多元且專業，有志於口譯工作者應多關注最新的產業動態，並留意收集相關專門用語及研讀相關書刊雜誌，以增加自己的背景知識。

以下，謹提供產業科技相關簡報檔原文，並如同前面幾節做法，將關鍵用語整理羅列，以供學習者參考運用。

〈日進中　逐步口譯〉

❖ MP3 4-038

ただいま、ご紹介いただきました、富士通の橋本です。

AI、人工知能について、「富士通の取り組みとビジネス分野での適用」について、ご紹介させていただきます。

本日は、この三点について説明します。

最初に「AIの動向と富士通の取り組み」、次に「AI技術の活用事例」、最後に「今後期待されるAI活用分野」についてお話しします。

❖ 中文傳譯示範

個人是方才司儀介紹，來自富士通的橋本。

AI，有關人工智慧，將就「富士通的策略及在商業領域上的應用」等幾個面向，來向各位做介紹。

今天，將就這三點來向各位做介紹。

首先，將介紹「AI的發展動向及富士通的發展策略」，其次是介紹

「相關AI技術的運用實例」，最後是介紹「今後可期待的AI技術的相關活用領域」。

❖ MP3 4-039

まずは、AIの動向です。

最近の日本では、毎日のように新聞やニュースなどのメディアでAI、人工知能という言葉を目にしない日はありません。

クイズや将棋、囲碁のチャンピオンにAIが勝った、といった話だけでなく、車の自動走行にもAIは使われています。

さらには、人形ロボットにもAIが搭載されるなど、AIがとても身近に感じられる時代になっています。

AIは非常に幅広い概念です。

AIと聞くと、人間の脳を置き換える「ブレイン・コンピューティング」や人間のような姿を持った「ヒューマノイドロボット」が人気がありますが、これは右側の少し先の領域です。

これらも魅力的な領域ですが、富士通がまず取り組んでいるのは左上の領域１です。

「人間の思考や考えを機械に代行させる」という「AIに何かを判断させる」という分野です。

❖ 中文傳譯示範

首先，是AI的發展動向。

最近在日本，每天打開報紙及電視新聞等媒體，可以說沒有一天不出現AI的相關新聞，即有關人工智慧等用語的消息。

舉凡猜謎或象棋及圍棋比賽，AI已經贏過該當領域的冠軍選手了。非但如此，現在連汽車的自動駕駛，也應用AI的相關技術。

此外，像類人形機器人搭載AI技術等的應用，可說AI已經是離我們實際生活不遠的科技了。

AI是相當廣泛的概念。

一聽到AI，就會讓人聯想到可轉換替代人腦的「智能電腦」，或者是具有人類樣貌的「類人形機器人」，那是屬於右邊未來的發展領域。

當然，那也是相當具有魅力的領域。不過，富士通現在積極研發的是左上角1的領域。

也就是「用機器取代人類的思考或想法」，亦即是「靠AI來執行判斷」的領域。

❖ MP3 4-040

AIは長い歴史を持っています。1956年、今から60年前にできた言葉です。これまで２回大きなブームがありました。

残念ながらそれらはブームで終わってしまったのですが、2012年に始まった今回の第３次AIブームは、ブームでは終わらないと思っています。

第３次AIブームの原動力は「質のよいビッグデータ」と「高性能な

計算機パワー」と「アルゴリズムの進歩」にあります。

富士通は30年以上前からAI技術の研究開発に取り組んでおり、日本国内ではトップの出願実績を持っております。

昨年2015年11月にAIの技術体系を公表し、「Human Centric AI Zinrai」というブランドを発表しました。

Zinrai（ジンライ）は、漢字の「疾風迅雷」から命名しました。

「人の判断・行動をスピーディーにサポートし、企業・社会の変革をダイナミックに実現させたい」との思いをこめています。

そして、今年2016年11月に、 Zinraiの商品・サービスを発表しました。それらについてはこの後、具体的にお話します。

❖ 中文傳譯示範

事實上，AI的發展歷史非常悠久。1956年，即迄今60年前就有這個用語。先前，也曾經有過兩次大流行。

遺憾的是，兩次流行最後都無疾而終，但從2012年掀起的第三次風潮，我想這波的流行風潮不會停止。

第三次AI風潮的原動力，在於「品質更好的大數據」及「擁有高性能的計算能力」及「先進的演算法」。

富士通在30年前就開始著手進行AI技術的研發，並在日本國內擁有最多的相關專利實績。

去年，2015年11月，我們發表了AI技術系統，叫做「Human Centric AI Zinrai」的品牌。

Zinrai，是從漢字「疾風迅雷」命名而來的。

其字義，涵蓋「可以迅速支援人類的判斷及行動，以及可以爆發性的協助企業及社會實現改革夢想」的意涵在內。

在今年2016年11月，我們已經發表了Zinrai（迅雷）的商品及相關的服務內容了。

有關這部分，等一下我還會具體的來跟各位說明。

❖ MP3 4-041

これは富士通のAI技術を体系化した図です。

詳しくは説明しませんが、この図の中に「センシング」や「知識化」という言葉も入っています。

つまり、情報をセンシングする「IOT」や情報を分析する「ビッグデータ」の概念も含んだ、より大きな意味合いで、我々は「AI」を捉えています。

Zinrai（迅雷）の強みは三つあります。

一つ目は、日本国内最大のカスタマーベースによるお客様やパートナー様との「共創型エコシステム」を持っていること。

二つ目は豊富な業種、業務知見と社内実践による、最先端のAI技術の検討とAI活用ナレッジを蓄積していること。

三つ目は、スーパーコンピュータ京（けい）の開発などで培った世界トップクラスの最先端で独自のAI技術を持っていることです。

❖ 中文傳譯示範

這是富士通AI技術，將它系統化的一張圖表。

雖然沒有辦法詳細說明，但在這張圖表中，明確地列入「感測器」及「知識化」等用語。

亦即，包括能感測資訊的「IOT」，以及能分析資訊的「大數據」的概念。我們可以從更廣泛的層次來定義「AI」的內涵。

Zinrai（迅雷），具有三項強項。

第一， 可以掌握日本國內最大的顧客層，並與客戶或事業伙伴共享「共創型的節能系統」。

第二， 可將多元的業種及業務知識及公司內的實際營運，經由最先進AI技術的檢証及活用AI技術，累積相關的知識。

第三， 因超級電腦「京」的研發成功，擁有世界最頂尖、最先進且獨特的AI技術。

❖ MP3 4-042

本日の基調講演でもお話をした、富士通のデジタルビジネスプラットホーム「MetaArc（メタアーク）」で、富士通のAIソリューションである「Zinrai（迅雷）プラットホームサービス」を提供します。

AIソリューションとして、五つのサービスを提供します。

約300社のお客さまニーズから開発した、使いやすい30種の「API」。

世界最速のディープラーニング処理性能を実現したIaaS(イアース)「Zinraiディープラーニング」。

さらに、コンサルディングから導入、運用まで、AI活用のライフサイクルをトータルにサポートする「Zinraiサービス」。

これらのサービスを順次提供してまいります。

これらは、Zinrai（迅雷）プラットホームサービスで提供するAPIの一覧です。

2017年４月より順次提供してまいります。

「画像処理」や「自然言語処理」など、九つの分野で、30種のAPIを提供します。

今後、お客様のニーズの高いAPIをさらに開発し、追加提供して行く予定です。

❖ 中文傳譯示範

在今天的專題演講中，也介紹過富士通的數位商務平台，叫做「MetaArc」的，我們也提供富士通開發的AI解決方案，即「Zinrai（迅雷）平台的服務系統」。

AI解決方案，可提供五項支援服務。

我們為滿足約300家客戶的需求，開發容易使用的30種「API」。

搭載世界上能深度學習，且具有快速處理能力的IaaS「Zinrai深度學習」軟體。

此外，我們從引進商務諮商到運用，可活用AI的生命週期，並可提供進行綜合支援的「Zinrai服務平台」。

未來，我們會陸續提供上述相關的服務品項。

這些圖表，就是Zinrai平台的服務內容，以及所提供的API一覽表。

2017年4月開始，我們將陸續提供相關的服務內容。

諸如「影像處理」或「語言自然處理」等九個領域，我們將提供30種的API。

今後，我們也會持續開發顧客有高度需求的API，追加提供相關的服務內容。

❖ MP3 4-043

AI技術が活用されている事例を三つご紹介します。

AIの中で今もっとも人気のある技術は、デープラーニング技術です。

富士通は動画像の解析に、デープラーニング技術を使っています。

自動車の車載カメラ映像を使った運転支援や、街中にある監視カメラで車両や人の動きを監視するセキュリティ監視業務などでの活用を考えています。

これはAI技術を使った「運転者支援ナビゲーション」のイメージデモです。

車載カメラにより歩行者の挙動（きょどう）や前方の車の動きを検知、どのような動きをするかを予測し、危険を回避するように、運転者に音声でガイダンスをしています。

日本では高齢者の運転手による自動車事故が全体の20%を越しています。

このような「運転支援ナビゲーション」システムが車に搭載されれば、そのような交通事故が大幅に減ることになるでしょう。

❖ 中文傳譯示範

接下來，跟各位介紹一下活用AI技術的三個事例。

在AI中，現在最受歡迎的技術，就是深度學習的技術。

富士通在影像解析，也運用深度學習的技術。

譬如，利用車上搭載的攝影機可協助駕駛，或者利用街道上設置的監視攝影機，可監視車輛及行人的動作，並可將其應用在安全監視等監視業務上。

這是使用AI技術，具有「輔助駕駛導航」功能的模擬影片。

車上攝影機可檢測行人的舉動及前方車輛的動作，並可預測他們會採取什麼動作，為迴避危險，也會以語音導覽的方式提醒駕駛人。

在日本高齡駕駛所發生的車禍，超過全部車禍次數的20%。

因此，只要在車上裝載此款「輔助駕駛導航」系統，就可以大幅減少此類車禍的發生。

❖ MP3 4-044

これは「スマートパーキング」という富士通のソリューションで

す。

１台のカメラで、最大100台の車を認識できます。

通常の駐車場システムは車１台毎に専用のパーキングスペースやセンサーを設置しますが、これはそのようなものは不要です。

カメラ１台のみで非常に安価に駐車場システムを構築できるソリューションです。

次に、「AI技術を活用した小売店舗での接客支援」をご紹介します。これは「視線検知技術」を使っています。

目の瞳孔（どうこう）と角膜反射（かくまくはんしゃ）で写っている映像を数メートル離れたカメラでセンシングすることで、その人が何に着目しているかを検知する技術です。

右下にあるカメラが男性の目をセンシングします。

男性が大きく顔を動かすことがなくても、センサー側で男性がどの商品に着目しているのかを検知することができます。

たとえば、お店に多くの商品が並んでいても、お客様に人気のある商品がどれであるのかをセンサーで検知することができます。

❖ 中文傳譯示範

這是富士通「智慧停車」的解決方案。

1台攝影機，最多可以辨識100台汽車。

普通的停車系統，是每一台車都有專屬的停車格或設置感測器，但這套系統並不需要如此大費周章。

只要一台攝影機，就可以建構非常便宜的停車系統的解決方案。

其次，要向各位介紹「活用AI技術，輔助零售店的待客服務」。我們是應用「視線檢測技術」。

眼睛瞳孔及視角膜反射所顯示的影像，由離客人數公尺遠的攝影機感測到後，便可知道那位客人是在看什麼商品的一種檢測技術。

我們可以看到右下角的攝影機，已經感測到男性顧客的眼睛了。

男性顧客即使不用大幅擺動臉部表情，感測器也能檢測出該男性是將目光集中在哪一件商品上。

例如，就算商店擺放許多商品，受客人歡迎的商品究竟是哪些？我們也可以透過感測器檢測出來。

MP3 4-045

今後AIはどのような分野に使われていくのでしょうか。

この１年間で、300件を越す商談を実施しております。

業種別で見ますと、製造業が約1/3。金融業と流通業はほぼ同数です。

製造業ではものづくりの現場だけでなく、様々な適用分野が検討されています。

また、AIの適用領域は、活用事例でも見ていただいた、画像や音声で高度な判断を支援する「新しいＵＸ（ユーザエクスペリエンス）分野」と、コールセンターでの適用に代表されるエキスパートアシストなどの「ナレッジ活用分野」が、上位２分野です。

また、異常監視や故障などの予兆を検知する「アノマリー監視分野」は、製造業のお客様からのニーズが高い分野です。

❖ 中文傳譯示範

今後，AI會被應用在哪些領域呢？

今年一整年，我們總共進行超過300次以上的商談會。

從業種別來看，製造業約佔1/3。金融業及流通業，大概也是相同的比例。

製造業不僅是工廠的生產線而已，也可檢討應用在各種不同的領域上。

此外，AI的應用範圍，我們剛才也給各位看過相關的應用案例了。在影像及聲音處理上，能支援高度判讀的「新型UX領域（消費者體驗）」，以及可應用在客服中心等需要專業傳輸的「知識活用領域」上，此為AI技術應用的兩個主要領域。

另外，具有事先監測異常或故障功能的「異常監測領域」，製造業用戶端在這方面的需求也很高。

❖ MP3 4-046

お客様との共創の事例です。

新しいＵＸの事例としては、金融業Ａ社様で、AIを使った新しいＵＸによる、個人ローン審査の業務をウェーブ上で行っています。

ナレッジ活用の事例としては、製造業Ｂ社様で、高度な判断を要する専門性の高い修理業務のコールセンターのオペレータ支援にAI技術を使っています。

アノマリー監視の事例では、製造業Ｄ社様で、大規模なプラント設備のセンサー情報をAI技術で解析し、故障の予測をしています。

今後、さらに多くの分野でのAI適用の検討が進むと考えます。

この１年間で約300社のお客様とAI活用について議論してきました。

私自身も、150社を越すお客様にお会いしています。

この一覧にあるように、業種ごとにニーズは様々ですが、どのお客様も業務の中でのAI活用に大きな期待をされています。

❖ 中文傳譯示範

接下來跟各位介紹，我們與客戶共創事業的案例。

在應用新UX的案例上，如A金融公司，使用AI的新UX技術，使得個人貸款的審核業務，可以在網路上直接進行。

在知識活用的案例上，製造業B廠商，可支援需要高度判讀技術，協助負責高階修理業務客服中心接線生的工作，使用AI技術可輔助並減輕其工作。

在異常監測的案例上，製造業D廠商，可依賴AI技術解析大規模廠房設備感測器的相關資訊，並可預測何處會發生故障，以利及早因應。

我們也正在檢討，今後應該還有更多的領域，可活用AI技術的相關對策。

這一年來，我們跟大約300家公司討論AI技術的相關應用問題。

我本身也曾與超過150家的客戶，面對面溝通過相關的問題。

如同這一張圖表所示，不同的業種各自的需求也不盡相同，我們期待所有的客戶，在他們經手的業務中，都能活用AI技術。

❖ MP3 4-047

今後、AIの活用が広がるのはこの11の分野だと考えます。

「社会インフラ」「モビリティ」「ロジスティクス」「ものづくり」「デジタルマーケティング」「食及び農業」「職場及び暮らし」「フィンテック」「ヘルスケア」「コールセンター」です。

富士通は、これら11分野を「AI活用重点領域」として、AIのソリューションを提供してまいります。

以上、富士通のAI、人工知能に関する取り組みとなります。ありがとうございます。

❖ 中文傳譯示範

未來AI的應用，大概可以擴展至這11個領域。

即，「社會基礎公共建設」「行動裝置」「統籌管理」「製造業」「維修．維護」「數位行銷」「餐飲及農業」「職場及生活」「金融科技」「健康照護」「客服中心」等。

富士通，將這11個領域列為「AI活用重點領域」，今後將提供AI相關的解決方案。

以上，僅就富士通的AI，即人工智慧的相關策略，做一介紹，謝謝各位的聆聽。

僅就上述範例中出現的單字，羅列整理如下，敬祈學習者能以此為基礎，找出更多相關的科技產業用語。

➡ AI（人工智慧）	AI（人工知能（じんこうちのう））
➡ 機器人	ロボット
➡ 虛擬實境	VR（バーチャルリアリティ）
➡ 擴張實境	AR（拡張現実（かくちょうげんじつ））
➡ 智能電腦	ブレーンコンピューティング
➡ 超級電腦	スーパーコンピューター
➡ 平板電腦	タブレットPC
➡ 個人電腦	パソコン
➡ 筆記型電腦	ノートパソコン
➡ 桌上型電腦	デスクトップパソコン
➡ 電腦病毒	コンピューターウィルス

➡ 電腦升級　バージョンアップ

➡ 類人型機器人　ヒューマノイドロボット

➡ IT供應商　ITベンダー

➡ 演算法　アルゴリズム

➡ 大數據　ビッグデータ

➡ 資料庫　データベース

➡ 資料開放　オープンデータ

➡ 感應　センシング

➡ 感測器　センサー

➡ 物聯網　IOT

➡ 車聯網　コネクテッドカー

➡ 車隊管理　フリート管理

➡ 節能系統　エコシステム

➡ 解決方案　ソリューション

➡ 諮詢　コンサルティング

➡ 深度學習　ディープラーニング

➡ 生命週期　ライフサイクル

➡ 導航　ナビゲーション

➡ 語音導覽　ガイダンス

➡ 智慧停車　スマートパーキング

➡ 停車格　パーキングスペース

➡ 客服中心　コールセンター

➡ 異常監控　アノマリー監視（かんし）

<解析>

從上述所舉單字，學習者應該可以發現外來語真多。尤其科技、產業及金融方面，外來語尤其多。此亦是日文比中文方便之處，因日文是表音文字及表意文字兼而有之的語言，凡是外來的概念或用語，只要將其轉換成日本式發音，再用片假名表記就可以了。而中文則必須將其意思轉換成易懂的漢字表述，用音譯而又能普遍流傳的翻譯極為少見。「幽默」乙詞的翻譯，可說是最傳神又經典的翻譯了。

另外，在傳譯示範部分，各位仔細對照，會發現有所謂增譯或減譯的情形。口譯如同筆譯，有各種技巧，適當的增譯或減譯，都是被允許的。重點是傳譯成中文要讓聽者清楚掌握訊息，而不是邊揣摩邊猜想。其次，日文的結構及日本人講話的方式，經常有語焉不詳，曖昧不明的地方，如果只是呆板的直譯，有時恐會讓聽者滿頭霧水，丈二金剛摸不著頭緒。因此，平常掌握相關訊息的發展，就變成口譯工作者重要的營養補給品了。當然，口譯工作者最重要的是要辭能達意，口齒要清晰、流暢。

上述產業科技範例中，有許多最新科技趨勢的相關用語，口譯工作者常需面對五花八門的專業領域，充滿挑戰性。隨時充電接受新知，既能賺到銀子又能增廣見聞，可以說是非常適合願接受挑戰，又充滿好奇心的人投入的行業。

讀者諸君，還可以從上述中日文詳加比對，相信可以找到許多值得抄寫在自己筆記本的單字，並在該基礎上找尋更多相關的單字，長此以往的努力不懈，一定可以建立自己專屬的單字網絡。百尺竿頭，更上一層樓。同志們，加油！

希望(きぼう)は人(ひと)を成功(せいこう)に導(みちび)く信仰(しんこう)である。希望(きぼう)がなければ、何事(なにごと)も成就(じょうじゅ)するものではない。

希望是引領人走向成功的信仰。沒有希望，我們將一事無成。

四、科技類別有稿逐步口譯演練

今日科技日新月異突飛猛進，常讓人有眼花撩亂的感覺。尤其是專門術語更是多如牛毛，要不是做這一行工作，恐怕有許多單字是這一輩子不會用到或與我們無關的字眼。特別是從事口譯工作者，往往都不是理工科系畢業的人，比較沒有科技素養或這方面的訓練，要從事科技類別的口譯工作，確實較為辛苦吃力。不過，人是活著的，只要用心學習，也可學個三分像，所謂「天下無難事，只怕有心人」，正是如此。

另如同前面所言，科技相關產業常夾雜大量的外來語，而往往日文學習者英文為其弱項。因此，行有餘力，還要加強自己的英文能力，如此在記外來語時就較容易記住。

〈日進中　逐步口譯〉

MP3 4-048

本日はお忙しい中、「日台共催輸出管理セミナー」にご出席下さり、誠にありがとうございます。このセミナーの議長を務めさせていただきます日本国際問題研究所軍縮・不拡散促進センター所長の須藤隆也でございます。

大量破壊兵器などの拡散は、国際社会において安全保障に対する大きな脅威と認識されており、とりわけアジア地域は、安全保障環境が必ずしも安定しておらず、大量破壊兵器などの一層の拡散が強く懸念される地域の一つとなっております。北朝鮮による2006年10月の核爆発実験や核兵器保有宣言は、いまだ記憶に新しいところです。

❖ MP3 4-049

また、経済発展の著しいアジア地域では、大量破壊兵器の取得を模索する国やテロリストなどのアクターから見れば、関連製品や技術の魅力ある調達先にもなっています。パキスタンのカーン博士を中心とする「核の闇市場」グループも、このアジア地域を重要な活動先としていました。大量破壊兵器関連製品や技術の拡散に、意図的であるか否かを問わず関与する企業も後を絶ちません。こうしたことから、アジア各国、地域の輸出管理の強化は、大量破壊兵器の拡散を防止する上で、極めて重要な課題と位置づけられております。

❖ MP3 4-050

そうした中で、著しい発展を遂げるこの台湾で、台湾経済部国際貿易局との共催で「日台輸出管理セミナー」を開催できますことは、アジア地域、並びに世界の大量破壊兵器拡散防止の努力への貢献として大変意義深く、またアジア地域の安全保障の強化や、更なる経済発展に資するものと考えております。本日のセミナーがご出席の皆様方にとって有益なものとなりますことを、心より希望いたしております。

本セミナーの開会に当たりまして、台湾側、日本側のご来賓より、お言葉をいただきたく存じます。

❖ 中文傳譯示範

各位貴賓，今天百忙當中，承蒙出席「台日共同舉辦的出口管制研討會」，個人謹表由衷謝忱。個人是擔任本研討會主席，現任職於日本國際問題研究所裁軍及武器不擴散促進中心，擔任所長職務的須藤隆也。

大規模毀滅性武器的擴散，對國際社會的安全保障造成極大威脅，尤其是在亞洲地區，安全保障的環境並不穩定，大規模毀滅性武器的擴散加速，更是令人非常擔憂的地區之一。北韓在2006年10月進行核子試爆及宣稱擁有核子武器，相信在座各位貴賓都還記憶猶新。

另外，在經濟迅速發展的亞洲地區，對暗中摸索企圖取得大規模毀滅性武器的國家或恐怖份子而言，亞洲無疑是極容易取得相關產品或技術且極具魅力的地區。例如，以巴基斯坦坎恩博士為主的「核武黑市」集團，就是以亞洲為其重要的活動根據地。大規模毀滅性武器相關產品及其技術的擴散，不管是有意或無意，牽扯其中的企業可說層出不窮。因此，亞洲各國加強出口管制，在防止大規模毀滅性武器的擴散方面，可說是極為重要的課題。

在上述環境下，在經濟蓬勃發展的台灣，此次能與經濟部國貿局共同舉辦「台日出口管制研討會」，相信對亞洲地區，以及世界大規模毀滅性武器的擴散防止深具意義，另外對亞洲地區的安全保障強化及經濟發展亦有所助益。個人由衷希望出席今天研討會的各位嘉賓都能獲益良多。

本研討會開幕之際，個人亦希望能聆聽台日雙方各位來賓、專家的高見。

✻。。❀。。❀。。❀。。✻

〈日進中　逐步口譯〉

❖ MP3 4-051

JCOAL（Ｊコール）の橋口と申します。本日は、お忙しい中、日台石炭火力専門家交流会にご参加いただき、ありがとうございました。また、交流会の開催に当たりまして、鍾副社長をはじめとする台湾電力関係者の方々のご尽力に対しまして心より感謝申し上げます。

早いもので、2011年３月発生の東日本大震災・福島原発事故から、もうすぐ５年の月日が経とうとしています。台湾においても原子力を含めたエネルギー政策に大きな議論があったことを承知しています。

日本においては、東日本大震災後、①再生可能エネルギーの大幅拡大、②省エネルギーの推進、③化石燃料の有効利用を基本的な考え方として検討してきましたが、昨年７月ようやく、2030年に向けたエネルギー基本計画に基づくエネルギーミックスの目標が決定され、石炭については、26%程度と、引き続き、重要なベースロッド電源としての役割を果たしていくことになります。

❖ MP3 4-052

また、昨年末にはパリでＣＯＰ２１が開催され、パリ条約として、「2℃の目標の設定」、「５年ごとの計画の見直し」等が途上国を含めた190カ国で決定されました。石炭利用をやめていこうという国々もあることは承知しております。

しかしながら、石炭コスト面（経済性）、どこの大陸にも存在する（安定性）、そして安全性の観点から、今後もアジアを中心に利用を増やさざるを得ないエネルギー源であります。

パリ条約の中で明記された二国間クレジット制度の考え方は極めて重要であり、日本としては、石炭火力発電の更なる効率化を図るとともに、バイオマス混焼やＣＣＳの開発等を進めながら、これらクリーンコールテクノロジーの移転を図り、地球全体のＣＯ２削減に向けて努力していきたいと考えております。

❖ MP3 4-053

石炭を大切に、そして有効に利用していくことがますます重要となり、こうした中、台湾と日本が双方協力して石炭のクリーン利用を推進していこうという趣旨の本技術交流会は誠に時宜を得たものと考えておりますので、活発な意見交換をお願いいたします。

最後になりますが、台湾電力及び各社のご隆盛を心よりご祈念申し上げまして、私の挨拶とさせていただきます。本日はよろしくお願いします。ありがとうございました。

❖ 中文傳譯示範

我是來自JCOAL的橋本。今天，非常感謝各位先進，在百忙中撥冗出席日台燃煤火力發電專家交流會議。此外，本次交流會的舉行，以鍾副總經理為首，對台電各相關單位先進的努力及辛勞，個人謹表由衷感謝之意。

時間過的真快，2011年3月發生的東日本大地震及福島核災事故，轉眼間即將屆滿5年。個人也知道在台灣，包括核電在內的能源政策，也有非常多的議論。

日本方面，在東日本大地震發生後，也進行了包括①再生能源比例的大幅擴充，②推廣節能運動，③石化燃料的有效利用等基本思維的檢討，在去年7月，終於通過了2030年能源基本計畫草案。根據該基本計畫，決定了各種能源佔比的數值目標，燃煤部分將佔26%左右，未來將持續扮演重要基載電源的角色。

另外，去年底在巴黎召開的ＣＯＰ２１，在該協議中通過了「全球均溫不得升破２℃的目標」，以及「每5年重新檢討該計畫」等多項決議，包括開發中國家在內，總共有190個國家簽署該同意書。個人也知道，有部分國家主張應該要禁止使用煤炭。

但是，煤炭，在成本方面（經濟性），以及任何大陸皆有煤礦（安定性），再加上從安全性的角度來看，今後以亞洲國家為主的利用將會不斷增加，煤炭依舊是重要的能源渠道。

在巴黎協議中，明確載明雙邊碳排放交易制度的想法，個人認為此極重要。以日本而言，除會更加致力於提升燃煤火力發電廠的效能外，以及推動生質能源混燒及碳封存捕捉技術的研發工作外，並會將該項清潔燃煤的技術推廣至其他國家，期使能對全球削減碳排放有所貢獻。

重視煤炭且有效運用將會越來越重要，在上述環境中，主要目的在於推動台日雙方合作，利用清潔燃煤的本次技術交流會議，可說是舉辦的時機非常得宜，也希望稍後雙方能進行充分的討論。

最後，敬祝台電公司及各位所屬公司生意興隆。以上謹簡單致詞，也請各位先進多多指教，謝謝大家。

茲將上述兩則示範例的相關單字整理如後，敬祈學習者參考，並希望能以此為基礎，尋找更多相關的單字據為己用。

◎ 衛星摧毀實驗　　衛星破壊実験

◎ 飛彈防禦系統　　弾道ミサイル防衛システム（MD）

◎ 相互確保摧毀　　相互確証破壊

◎ 反核子擴散條約　　核不拡散条約（NPT）

◎ 反彈道飛彈條約　　弾道弾迎撃ミサイル制限条約（ABM）

◎ 伊朗核武開發疑雲　　イランの核開発疑惑

◎ 北韓核武開發疑雲　　北朝鮮の核兵器開発疑惑

◎ 大規模毀滅性武器　　大量破壊兵器

◎ 化學武器禁止條約　　化学兵器禁止条約（CWC）

◎ 獵戶座反潛偵察機　対潜水艦哨戒機（P3C）

◎ 戰區飛彈防禦系統　戦域ミサイル防衛システム

◎ 全國飛彈防禦系統　米本土ミサイル防衛システム

◎ 戰區高空飛彈防禦系統　サードシステム（薩德系統）

◎ 跨國聯合軍事演習　多国間合同軍事演習

◎ 四年期國防修改計畫　4年ごとの国防計画見直し（QDR）

◎ 新裁減戰略武器條約　新たな戦略兵器削減条約（新START）

◎ 全面禁止核武試驗條約　包括的核実験禁止条約（CTBT）

◎ 物資勞務相互提供協定　物品役務相互提供協定（ACSA）

◎ 二氧化碳　二酸化炭素

◎ 一氧化碳　一酸化炭素

◎ 溫室效應　温室効果

◎ 溫室氣體　温室効果ガス

◎ 全球暖化　地球温暖化

◎ 有害氣體　有害ガス

◎ 多氯聯苯　クロルベンゼン

◎ 熱島效應　　ヒートアイランド

◎ 太陽黑子　　太陽（たいよう）フレア

◎ 水質標準　　水質基準（すいしつきじゅん）

◎ 資源回收　　リサイクル

◎ 病住宅　　シックハウス

◎ 樂活住宅　　ヘルシーハウス

◎ 綠能新政　　グリーンニューディール

◎ 低碳城市　　ローカボンシティー

◎ 生態城市　　エコシティー

◎ 生態保護　　エコロジー保護（ほご）

◎ 環保家電　　エコ家電（かでん）

◎ 新能源　　新（しん）エネ

◎ 氫能源　　水素（すいそ）エネルギー

◎ 可燃冰　　メタンハイドレート

◎ 創新能源　　創（そう）エネ

◎ 節約能源　　省（しょう）エネ

◎ 再生能源　　再生可能（さいせいかのう）エネルギー

◎ 清潔能源　　クリーンエネルギー

◎ 替代能源	代替(だいたい)エネルギー
◎ 生質能源	バイオマスエネルギー
◎ 生質發電	バイオマス発電(はつでん)
◎ 綠色電力	グリーンパワー
◎ 地熱發電	地熱発電(ちねつはつでん)
◎ 風力發電	風力発電(ふうりょくはつでん)
◎ 核能發電	原子力発電(げんしりょくはつでん)
◎ 沼氣發電	メタン発電(はつでん)
◎ 水力發電	水力発電(すいりょくはつでん)
◎ 火力發電	火力発電(かりょくはつでん)
◎ 潮汐發電	潮汐発電(ちょうせきはつでん)
◎ 溫差發電	温度差(おんどさ)エネルギー発電(はつでん)
◎ 冰熱發電	雪氷熱発電(せっぴょうねつはつでん)
◎ 太陽能板	ソーラーパネル
◎ 燃料電池	燃料電池(ねんりょうでんち)
◎ 備用電源	サブ電源(でんげん)
◎ 汰換機組	リプレース

例 台灣有部分燃煤火力發電廠，為削減碳排放需進行機組汰換。

➡ 台湾には一部の石炭火力発電所は、CO２削減するため、リプレースしなければならない。

◎ 拆除重建　　スクラップ

例 大林火力發電廠，未來極有可能原址拆除重建。

➡ 大林火力発電所は将来的にはスクラップして現場で建て直す可能性が高い。

◎ 太陽能發電　　太陽光発電

◎ 天然氣發電　　天然ガス発電

◎ 汽電共生系統　　コジェネレーションシステム

◎ 小功能水力發電　　小水力発電

◎ 填海造地　　埋立地

◎ 排放標準　　排出基準

◎ 永續發展　　持続可能な開発

◎ 環境激素　　環境ホルモン

◎ 環境難民　　環境難民

◎ 大型垃圾　　粗大ゴミ

◎ 垃圾減量　　ごみ減量

◎ 垃圾不落地　　ごみ落ちない政策

◎ 垃圾掩埋場　　ゴミ最終処理所（さいしゅうしょりじょ）

◎ 垃圾焚化爐　　ごみ焼却炉（しょうきゃくろ）

◎ 地球高峰會　　地球（ちきゅう）サミット

◎ 京都議定書　　京都議定書（きょうとぎていしょ）

◎ 焚風現象　　フェーン現象（げんしょう）

◎ 聖嬰現象　　エルニーニョ

◎ 反聖嬰現象　　ラニーニャ

<解析>

官方場合的口譯，遣詞用句較為正式嚴謹、優雅。不過，好的口譯員是要能淺顯易懂，不必刻意使用艱澀嚼牙的字眼。另外，從上述示範演練各位也可看出，由於中日文結構不同，轉換成中文時，就必須以中文的流暢度為最優先考量，同樣的日到中的傳譯，就要以自然的日文說法為依歸。詳細的語言轉換處，讀者諸君可以仔細比對，或許各位可以翻的更貼切、傳神也說不定。

第五講

無稿逐步口譯演練及應注意事項

所謂無稿逐步口譯，就是講者不看稿或者沒有稿子講一段話後由口譯員再翻成另一種語言的作法。事實上，在筆者多年的傳譯經驗當中，還是比較喜歡無稿的逐步口譯。原因無它，因為比較自然、不呆板，有可以與講者一較高下的味道，也可以考驗自己的抗壓性及臨場反應的機制如何。風險則是，搞砸了可能一世英名毀於一旦。不過，凡是從事口譯工作者都要經歷這一道關卡，要能克服內心的恐懼，才能修成正果。

另外，無稿逐步口譯，因為是講者即席演講，有時可能出現重複的事情，或同一件事情重複一再講述的情形，或者有時會出現講者，嗯啊含糊口齒不清的情形。經驗老到的口譯員碰到這種情形，會將贅字及重複出現的部分略去，也會將講者思考時講話嗯嗯啊啊的部分，修飾的更為自然流暢而不露痕跡。

既是無稿逐步口譯，原本無法形諸於文字，但是要彙整成書，又不得不見諸於文字。因此，筆者只能將過往曾經做過的無稿逐步口譯而又有錄音存檔的部分，大致上根據錄音內容將其記錄下來，提供學習者作為演練參考時的題材。不過，讀者應該會發現，有些人天賦異秉，即便是即席演講也能頭頭是道，用字精準，內容紮實。此亦是吾輩從事口譯工作者應該要努力學習的地方，無論中文或日文都要流暢自然且用字要精準。

以下僅就不同場合的無稿逐步口譯，依不同性質提供數例，作為學習者參考演練之用。

一、儀式性致詞－無稿逐步口譯演練

〈日進中　無稿逐步口譯〉

❖ MP3 5-001

この度は台湾における新老人の会の設立を心からお祝い申し上げますとともに、この記念すべき会へご招待いただきましたことを深く感謝いたします。

2000年に日野原重明先生が新老人の会を立ち上げましてから８年目に入りましたが、現在日本全国で21の支部があり、会員数は6200名に達しています。

❖ MP3 5-002

世界のいずれの国においても著しい高齢化が進んでいる折に、老人こそまさに時代の主役であり、自ら進んで模範となる生き方を次の世代へ伝えなければなりません。

愛すること、耐えること、創めることを生き方の基本として、そして、命と平和の大切さを子供に伝えることを行動目標とする新老人の会の趣旨に台湾の皆様が賛同され、ここに新たな多くの同志と親しく未来を語る機会が与えられましたことを心から感謝いたします。

❖ MP3 5-003

昨年はメキシコ市と韓国のソウルで新老人の会が発足しましたが、この度は台北においてこの会の新たな展開が始まったことから、いつの日か国際的なジャンボリーが開催されることを願っております。

日野原先生の講演に先立ちまして、一言ご挨拶申し上げました。台湾における新老人の会の成功をお祈りします。ご清聴どうもありがとうございました。

❖ 中文傳譯示範

此次，台灣成立新老人會，個人除由衷表示祝賀之意外，能夠獲邀出席此一值得紀念的盛會，深表感謝。

2000年日野原重明醫師推動成立新老人會以來已經邁入第8個年頭，現在在日本全國各地共有21個分會，會員人數高達6200人。

世界任何一個國家高齡化的現象都在顯著的增加當中，老人已經成為時代的主角，老人必須自行樹立一個可以傳諸後代子孫的模範生活方式。

愛心、忍耐、創造是生活的基本價值，我們必須將生命與和平的重要性傳達給孩童們知道，新老人會的這一個行動目標及成立宗旨，能夠獲得台灣各界人士的認同，今天有機會能夠與許多新的同好親切交換今後交流的事宜，謹由衷表示感謝。

去年在墨西哥市及韓國的首爾成立新老人會，這一次又能夠在台北成立並推動新老人會的理念，希望有一天能夠舉辦國際性的新老人大會。

在日野原醫師演講之前，謹先由個人簡單做一報告。最後，敬祝台灣新老人會成立大會順利圓滿成功，謝謝大家。

〈日翻中無稿逐步口譯〉

MP3 5-004

「福岡県産農産品紹介・懇談会」の開催にあたりまして、主催者を代表し、ご挨拶を申し上げます。

本日は、ご多忙の中、林建元(りんけんげん)台北市副市長にご臨席を賜り、厚く御礼申し上げます。

また、本会の開催にあたり多大なるご尽力をいただきました台北農産株式会社　荘龍彦(そうりゅうげん)董事長、張清良(ちょうせいりょう)総経理に心からお礼を申し上げますとともに、お集まりいただきました市場関係者の皆様に対し、心から感謝申し上げます。

MP3 5-005

本日の「福岡県産農産品紹介・懇談会」は、台湾で農産物の流通に携わっておられる皆様に、福岡県の魅力的な農産物を紹介するとともに、福岡県の生産者や流通業者の皆様と交流を深めていただき、取引の拡大につながることを目的として開催するものです。

本日は、福岡県内の農産物の生産者団体や市場関係者の代表者などが出席しております。

MP3 5-006

福岡県は五百万人の人口と、香港やノルウェー、デンマークに匹敵する経済規模を有し、西日本の経済、文化、情報の中心としての役割を担っています。古くから、アジアと日本を結ぶ玄関口として栄えてきた福岡県は、「アジアとともに発展する」ことを目指し、アジア各国との様々な交流に積極的に取り組んでいます。経済分野においては、福岡県にとって台湾は、輸出で第四位、輸入も第五位の貿易相手であり、大変重要なビジネスパートナーであります。

MP3 5-007

昨年九月には、福岡県と台湾との農産物の貿易をさらに拡大するため、本県と台湾貿易センターとの間で覚書を締結しました。この覚書に基づき、台湾貿易センターには、台湾の検疫制度や残留農薬の基準に関する情報提供や商談会の開催などで大変御協力をいただいております。

福岡県は、美味しくて安全で高い品質の農産物の日本を代表する生産地であります。

MP3 5-008

本日は、日本一の生産量を誇る「富有柿（ふゆうがき）」、大玉でジューシーな梨の「新高（にいたか）」、甘みの強い完熟した「山川みかん」の三種類の果物を持って参りました。後ほど、ご試食いただきますので、抜群に美味しい福岡県の農産物を味わっていただき、台湾の皆様に紹介していただきますようお願いします。

MP3 5-009

本県には、この他にも自慢の農産物がたくさんあります。いよいよ十二月から輸出が始まる日本一美味しいいちごの「あまおう」は、今や香港、シンガポール、米国、ロシアなど世界各地で人気を博し、世界のブランドになりつつあります。また、ぶどう、もも、キウイ、博多なす、博多万能ねぎなど、日本はもとよりアジア各地で大評判の農産物がたくさんあります。

❖ MP3 5-010

本会を契機に本県産農産物のファンとなっていただき、本県農産物の魅力を台湾の皆様に広く紹介していただきますようお願いします。

私どもと皆様方との交流が一層盛んになりますとともに、御出席の皆様のますますの御繁栄と御活躍を祈念いたしまして、挨拶といたします。

❖ 中文傳譯示範

各位貴賓，大家好。今天有幸在此舉辦福岡縣農產品介紹懇談會，個人謹代表主辦單位致詞。

首先，個人要對台北市林建元副市長在公務繁忙之際，撥冗出席今天的盛會，表示由衷的感謝之意。

另外，個人除了對本次福岡縣農產品介紹懇談會的舉辦貢獻良多的台北市農產運銷公司的莊龍彥董事長、張清良總經理表示由衷感謝之意外，也要對出席盛會的所有先進及貴賓表示由衷的感謝。

今天在此舉辦「福岡縣農產品介紹懇談會」的主要目的，除了向在台灣從事農產品物流工作的各位先進介紹福岡縣最具魅力的農產品外，也期盼各位先進能夠與福岡縣的生產業者及流通業者加強彼此間的交流，並期盼能擴大彼此間的農產品交易。

今天也有許多位在福岡縣從事農產品生產的團體及市場銷售的相關代表出席今天的盛會。

福岡縣人口約五百萬，擁有與香港、挪威、丹麥不相上下的經濟規模，是西日本的經濟、文化、資訊中心。自古以來福岡縣即是連接亞洲與日本的玄關，福岡縣向來標榜與「亞洲共同發展」為職志，並積極的促進與亞洲各國發展各種交流。在經濟領域部分，台灣是福岡縣第四大出口地，第五大進口地的貿易伙伴，是非常重要的商業伙伴。

去年九月，福岡縣為了擴大與台灣間的農產貿易，由福岡縣與台灣貿易中心簽署合作備忘錄，在該合作備忘錄下獲得台灣貿易中心，諸如有關檢疫制度及殘留農藥相關基準的資訊提供及招商大會的舉辦等協助。

福岡縣是代表日本生產美味又安全、高品質農產品的最佳生產地。

今天，個人一行帶來在日本產量最多的叫做「富有柿」品種的甜柿，以及甜美多汁的「新高」梨，完全成熟又甜美可口的叫做「山川品種」的橘子等三種水果，待會兒敬請各位嘉賓品嚐，並且希望在品嚐好吃又甜美的福岡縣農產品後，能夠向台灣的各界人士多多介紹。

福岡縣還有許多有名的農產品。例如十二月份開始外銷，被公認是日本最好吃的叫做「甘王」品種的草莓，現在每年都外銷香港、新加坡、美國、俄羅斯，在世界各地都廣受好評，已經成為世界的知名品牌。除此之外，還有葡萄、水蜜桃、奇異果、博多茄子、博多蔥等農產品，除了在日本大受歡迎之外，也在亞洲各地廣受好評。

希望透過這一次的介紹・懇談會的舉辦，能有更多的台灣人士喜歡福岡縣的農產品，能夠將福岡縣最具魅力的農產品廣為向台灣各界人士宣傳介紹。

最後，敬祝貴我雙方今後的交流能更上一層樓，並敬祝在座各位貴賓、各位先進，身體健康，萬事如意，謝謝大家。

〈解析〉

如前所述，上述無稿逐步口譯演練，因係筆者根據錄音帶整理而成之文面，難免文字上已經多少經過修飾。實際上無稿逐步口譯，有時會夾雜與主題無關的輕鬆閒聊部分，筆者在整理時為求文面之工整皆已略去。當然，實際上在做口譯時，上述部分亦應盡量將其傳譯出來，有時是講者為拉近與聽者間的距離，或增加輕鬆氣氛故意增加的橋段。

此外，因每人的口語表達能力不同，有時會發現講者的講話邏輯並不是那麼易懂，甚至會發生誤解其原來意思而誤譯的情形，或者是講者因年齡因素或健康因素而導致的口齒不清，發音極難辨別的情形，凡此種種皆是從事這一行業的人必須克服的難題。

二、拜會、接見－無稿逐步口譯演練

逐步口譯，無論是有稿或無稿，其實本質差異不大。如前面幾講所言，有稿的逐步口譯，大致是在較正式的場合，演講者為慎重其事會照稿唸，此時的口譯員固然可以事先準備，但也無法排除講者會中途脫稿演出，所以還是得戰戰兢兢仔細比對聆聽講者是否完全照稿演出。當然，如發現有部分脫稿演出的部分，需就該部分臨場傳譯，不能敷衍照原先準備好的翻譯稿猛唸一通。

一般的拜會或接見傳譯，有些是禮貌性拜會，有些是專為某些特定事項進行溝通或協調，因此大都沒有講稿。口譯員雖可就訪賓的背景資料，事先上網查詢做功課，但不可諱言的幾乎都是要靠口譯員現場應對。筆者再三強調，口譯員腦海中要建立連結各種單字的網絡，隨時存取提用才行。舉凡社會、經濟、政治、軍事、醫學、科技、產業、金融、藝術、體育等領域的書報雜誌或專書，均需有所涉獵，並整理出一套自己所屬的單字庫。

不過，即便實力堅強的口譯員，碰到講話毫無章法又前後邏輯不連貫的講者，無論如何幫忙修飾及抹脂塗粉，恐怕也只能做到差強人意而已了。雖是非戰之罪，但一般大衆可不這麼認為，總會覺得該口譯員不過爾爾，這也是這個行業的宿命，必須概括承受。總之，要有成熟的人格，不受外界干擾才能再接再厲，精進自己的功力。

以下僅提供數例內容，請學習者自我演練後，再對照筆者所提供的範例檢視，相信長此以往，可增進自己的傳譯功力，變成口譯達人。

〈日進中　逐步口譯〉

❖ MP3 5-011

ただいまご紹介をいただきました、美祢市長の西岡晃（にしおかあきら）です。

平素より、野柳地質公園を所管される交通部観光局様、並びに管理される新空間国際有限公司様におかれましては、様々な面で御支援、御協力を賜り感謝申しあげます。

また、この度は、野柳地質公園記念品贈呈式にお招きいただき、心より御礼申し上げます。

❖ MP3 5-012

さて、野柳地質公園様とは、2014年に美祢市観光協会が「観光交流・学術交流促進に関する協定書」を締結いたしました。その後、2015年に美祢市は、Ｍｉｎｅ秋吉台ジオパークとして日本ジオパークに認定され、互いに世界に誇りうる自然遺産を有する地質公園として真に思いを共にする者同士となり、交流も徐々に進展してまいりました。

そのような中、昨年、野柳地質公園様の象徴でありますクイーンズヘッドのモニュメントを、本市へ贈呈していただいたところであります。現在、秋芳洞の入口に友好の証として設置し、秋芳洞に来られる年間約50万人のお客様の心を和ませる重要な観光スポットとなっております。美しくかつ貴重な贈り物に対し、この場をお借りし感謝の意を表するものでございます。

❖ MP3 5-013

さらに、このような格別な式典において盛大な歓迎をしていただくことは、この席に招かれた者として、この上ない喜びを感じております。

日本は、今、一億総活躍社会の実現のため様々な政策が展開されております。美祢市も国の方針に従い、老若男女が溌剌と生活できる社会の実現に向け、諸施策に取り組んでおります。しかしながら、地方都市は少子高齢化が顕著となっており、様々な課題も山積しており、中山間地域に位置する美祢市も決して例外ではございません。

❖ MP3 5-014

そのような先行き不透明な時期であるからこそ、野柳地質公園様との文化的な交流こそが、市民の心を癒やし、活力を与えることができる素晴らしい取組であると確信しております。

最後に、今日のこの感動を胸に刻み、美祢市並びに美祢市観光協会と、野柳地質公園様の今後益々の交流と、御参集の皆様の御発展を祈念いたしまして御挨拶とさせていただきます。

❖ 中文傳譯示範

個人是方才渥蒙介紹，美彌市市長——西岡晃。

日常，承蒙野柳地質公園的主管機關交通部觀光局，以及負責經營野柳地質公園的新空間國際有限公司，許多面向的支援及協助，謹表謝忱。

此外，本次個人獲邀出席野柳地質公園紀念品捐贈儀式，謹再度表示由衷感謝之意。

我們是在2014年，由美彌市觀光協會與野柳地質公園締結簽署「促進觀光交流與學術交流協定」。之後，在2015年美彌市秋吉台地質公園，正式被認定為日本地質公園後，因彼此都是世界上值得令人誇讚，且擁有自然遺產的地質公園，相互理念一致，爾後的交流才逐漸有所進展。

在這過程中，去年象徵野柳地質公園的仿女王頭捐贈給本市。現在，該尊女王頭像就安置在秋芳洞入口處，作為彼此友好的象徵，也成為每年約有50萬人次造訪秋芳洞，撫慰觀光客心靈的重要觀光景點。對捐贈給我們如此美麗又貴重的禮物，個人要藉這個場合，表示感謝的意思。

再者，今天在這個特別的捐贈儀式上，受到如此盛大的歡迎，作為應邀出席者的一份子而言，再沒有比這個更令人喜悅的事情了。

日本，目前正為實現一億人口總活躍的社會，而推動各種相關政策。美彌市也會配合政府的方針，朝建構男女老少皆能朝氣蓬勃生活的社會前進，並會採取許多相對應的政策。不過，由於地方都市少子高齡化的問題極為嚴重，有許多待克服的課題必須處理，位處山坳地帶的美彌市，自然也不會例外。

在前途不明的環境中，能與野柳地質公園進行文化交流，個人相信此舉能夠撫慰市民的心靈，並且帶給他們活力，是一個非常好的決定。

最後，個人會將今天的感動銘記在心，敬祝美彌市及美彌市觀光協會與野柳地質公園，今後的交流更加紮實緊密，並敬祝各位出席的先進，身體健康，事業發達，萬事如意。

〈日進中　逐步口譯〉

MP3 5-015

本日は、蔡英文総統におかれましては、極めてご多端の折、我々市井の一団体にすぎない蓬莱会のため、このような機会を作っていただきました。誠に光栄に存じております。

また、ただ今は、総統から今後の台湾の新しく向かって行く方向について、またそれに関連して、総統の日本を大切に思うお心を伺いました。その高い理想と堅固なる姿勢に接し、心から敬意を表する次第であります。また、蓬莱会の活動につきましても望外のお言葉を頂戴し、いたく恐縮感激しております。誠にありがとうございました。

MP3 5-016

蓬莱会の会員は、以前は経済産業省において、日本の経済発展に命をかけてまい進してきた者ばかりですが、今は皆「かみしもを脱いで」、民間人です。ほとんどの会員は今は経済界などの第一線で大いに活躍中です。そして、日本と台湾の関係をますますよくしたい、台湾の発展にお役に立ちたいという一念で、個人の資格で、蓬莱会に集まりました。我々は、この活動が純粋に各自の意思から出発していることに誇りを持っております。

蓬莱会は、現在、50名を超える会員がおりますが、本日は、14名の者がここにまいりました。お渡しした名簿は、長幼の順によっております。名簿のより下の方ほど、即ち若い者ほど、実は今世の中でより立派に活躍中ですし、またこれからより長く日台関係に貢献することができます。今日は、そういう意味で、私以外は、若い方から順に総統のお近くに座らせていただいております。私の右が、鈴木で、次は照井という順です。

❖ MP3 5-017

蓬莱会は、約５年前の2011年12月に発足いたしました。台湾側では、幸い、彭栄次先生や何美月先生など多くの方々とともに、扶桑会という組織を作ってくださいました。

日台間には、亜東関係協会と日本の交流協会のルートのほかに、実に様々な友好関係がございます。蓬莱会と扶桑会の間では、他とは異なった持ち味、肌合いでの交流を目指してまいりました。

言うまでもないことですが、民主主義の国では、政府でもできないことがあり、民間だからこそできることがあります。我々は民間人であり、また個人です。いささか便利なところもあります。各々の良心に従って、できることをしていくだけです。

❖ MP3 5-018

従って、蓬莱会としては、扶桑会とのお胸襟を開いた交流を深めるとともに、台湾政府の方々も、色々な形で、先ほど総統のおっしゃいましたように、実際に実のあがることを目指して交流させていただいております。幸い、私どもには政府の現役に知己が多いということも事実です。

扶桑会には、こうした我々の活動に関して、全面的に大変お世話になっております。

❖ MP3 5-019

さて、蓬莱会の設立準備会合を始めたのは、6年前の2011年1月のことです。3.11の東日本大震災の起こる少し前です。地震の際は、台湾の個々人から絶大な義援金をいただきました。改めて、感謝申し上げます。

その2年後の2012年12月、自民党政権の安倍首相が誕生し、長く続いた日本の政治混乱を収束させ、爾来4年になります。最近では、日本人の目には、世界の指導者の中でも、少しですが、存在感が増しているように見えます。歴代首相の中では珍しいことです。

❖ MP3 5-020

お国でも、今年始め、国民は、蔡英文総統を選び、立法委員の過半数以上を民進党候補から選ばれました。お国は、これから大きく変わろうとされているとひしひしと感じております。

総統は、先ほど、自由、民主、法の支配の普遍的価値の重要性について強調されました。安倍首相もまったく同じです。そういう意味でも、日台関係は新たな前進の時期にきたと思います。蓬莱会の活動にとっても、嬉しいことでございます。

❖ MP3 5-021

しかしながら、世界の情勢は、不安や混乱の様相が強まっています。アジアの状況も誰しも承知の状況になっております。次期アメリカ大統領はトランプ氏になり、不安の種が増えたという人もおります。

こういう困難な情勢の中で、蔡英文総統におかれましては、内政面では、一歩一歩着実に、台湾の安定と繁栄を実現していかれるものと信じております。私は台湾人ではありませんので、そう申し上げてよいのかわかりませんが、個人としては、そのことが今の任期を越えて続いていくことも願ってやみません。本日、総統の謦咳（けいがい）に接し、一層強くそのことを感じております。

❖ MP3 5-022

昨日は、扶桑会の方々とＴＰＰと日台ＥＰＡの問題、エネルギー政策、台湾の新産業政策などについて、例によって、「推心置腹」な、双方にとって意義深い意見交換ができたことをご報告いたします。また、今日の午後からは、私どもも南向き政策をとり、台中にまいります。林佳龍市長ともお目にかかります。本日は、どうもありがとうございました。

❖ 中文傳譯示範

今天，總統在公務繁忙之際，為不過是市井一團體的蓬萊會，特別撥冗接見，深感榮幸。

此外，方才個人一行有機會聆聽，總統就今後台灣努力的新方向，以及與此有關的總統重視對日政策的想法。對於總統的崇高理想與堅忍不拔的態度，個人謹表由衷敬佩之意。另外，對於我等蓬萊會的活動，也有諸多令人意想不到的溢美讚詞，更是令個人一行惶恐感激，實在非常感謝。

蓬萊會的成員，過往皆是出自經濟產業省，對日本的經濟發展卓有貢獻的一群人，雖然現在大家皆已「脫去官服」成為民間人士。但幾乎所有成員，現依舊是在經濟界等領域的第一線活躍的人士。而且，都是期盼日台關係能更上層樓，一心一意希望能對台灣的經濟發展有所貢獻，並以個人身份參加蓬萊會的同志。我等，純粹是基於個人的意志參與此項活動，並對此感到於有榮焉。

蓬萊會，目前共有50多位成員，今天有14位到訪。所提交的名單，是按照長幼順序排列。名單排在越後面的越年輕，其實他們都是目前還在社會上相當活躍的人士，未來也會有更長的時間奉獻於日台關係的推動上。今天，本著這樣的理念，除我個人為例外，特地讓最年輕的人依照年次，就近坐在總統的身旁。因此，個人的右手邊是鈴木先生，再過去就是照井先生，按照年齡的順序排排座。

蓬萊會，約在5年前，即2011年12月成立。台灣方面，多虧彭榮次先生及何美月女士等多位先進共襄盛舉，在台灣成立扶桑會，用以作為交流的對口單位。

日台間，除亞東關係協會及日本交流協會的管道外，其實還有各式各樣的友好關係。蓬萊會與扶桑會，希望能建立有別於其他交流管道，進行氣味相投的交流活動。

勿庸贅言，在民主國家有些是政府無法做得到的事，而正因為是民間才可以做的事。我等皆為民間人士，而且是以個人身分參與，到底是有些方便之處，每一位成員都是秉持自己的良心，盡力做可以做得到的事情而已。

因此，蓬萊會除與扶桑會，敞開胸襟進行交流外，也期盼能與台灣政府各相關人士，用各種不同的方式，如同方才總統所言，希望能以實際締造交流果實為目的，來推動彼此間的交流。所幸，蓬萊會在政府部門有許多現任的知己存在，這也是不爭的事實。

扶桑會，對於我等的活動，給予我們全面的支援及協助。

蓬萊會開始著手準備成立，是在6年前的2011年1月，也就是在3.11東日本大地震發生之前。大地震發生之際，台灣各界人士給予日本數額龐大的善款捐贈，個人在此重申謝忱。

地震發生後的2年，即2012年12月，自民黨的安倍政府上台，終結了日本長期混亂的政治，爾來已經過了4年。最近，在日本人眼中，即使在世界的領袖當中，雖然只有少部分，但顯然已增加了日本的存在感。這在日本歷任首相當中，可說是極為罕見的現象。

在貴國，今年年初人民也選出蔡英文總統，立法委員有超過半數以上，是由民進黨籍的候選人當選。個人也切身感受到貴國即將有重大的變革。

總統方才強調自由、民主、法治等普世價值的重要性，安倍首相也持相同的理念。在這樣的環境下，個人認為日台已經迎來新的發展契機。這對蓬萊會的活動而言，是非常令人欣喜的事。

不過，世界局勢不安及混亂的情形卻有增強的趨勢。亞洲的狀況，任誰都知道情形如何。尤其，美國下任總統為川普，有人認為這種不安的導火線還會持續增加。

在如此艱困的情勢中，個人相信蔡總統在內政方面，會一步一步紮實的將台灣帶往穩定及繁榮的道路。個人並非是台灣人，不知否能這樣講？但個人衷心期盼貴國的繁榮興盛，即便是在總統任期結束後，依舊能持續發展，今天個人一行有幸聽聞總統的高見，更加深此一信念。

昨天，個人一行也與扶桑會的先進，就TPP及日台EPA等問題，以及就能源政策及台灣的新產業政策等議題，如同過往般，彼此「推心置腹」，對雙方而言，都進行了相當有意義的意見交換，個人也藉此機會向總統報告。此外，今天下午開始，個人一行也將採南向政策，前往台中訪問，也有機會拜會林佳龍市長，再次感謝總統撥冗接見。謝謝。。

〈解析〉

上述所舉的兩個演練示範實例，不知學習者有無看出什麼端倪？不同世代的人講話風格不同，當然也與說話者的個人背景或教養程度有關。

第二個範例很明顯的是年長者，且漢學根基不錯的日本人所講。因其中用了許多較為艱澀文雅的字眼，當下要翻成流暢且達意的中文，恐要考驗傳譯的中文造詣如何了。更何況，日人講話常語意含糊不清，客氣地點到為止又不明言，且客套話一堆，常會霧裏看花，似懂非懂又曖昧不清，通篇講話內容看似沒什麼難懂的單字，可真正要翻成中文的時候又會卡卡的，找不到貼切的字眼來形容。更何況，日文結構倒裝句多且連體修飾用語多，在翻成中文時往往會有明明就懂日文的意思，但就會有徒呼負負的感覺。所以再三強調，母語不怎麼樣的人，無論後天如何加強日文，恐怕都成效有限。

茲將上述兩個演練範例中出現的單字羅列如后，敬祈各位學習者能比照前面幾講所介紹「連想ゲーム」的方式，多加揣摩聯想串連出更多的單字，並從演練中發現自己的問題且加以改進。

◎ 地質公園　　ジオパーク

➡ 黃石公園　　イエローストーン国立公園（こくりつこうえん）

➡ 主題公園　　テーマパーク

➡ 喀斯特地形　　カルスト地形（ちけい）

◎ 仿女王頭　　クイーンズヘッドのモニュメント

モニュメント的意思為紀念物、紀念碑或遺跡之謂。

➡ 觀光景點　　観光（かんこう）スポット

➡ 熱門景點　　ホットポイント

◎ 自由行　オプショナルツアー

➡ 背包客　バックパッカー

➡ 自助旅行　手作り旅行（てづくりりょこう）、個人旅行（こじんりょこう）

➡ 套裝行程　パケッジツアー

➡ 員工旅遊　慰安旅行（いあんりょこう）、社員旅行（しゃいんりょこう）

➡ 教育旅行　修学旅行（しゅうがくりょこう）

➡ 孤獨之旅　一人旅（ひとりたび）

➡ 獎勵旅遊　インセンティブ旅行（りょこう）

➡ 豪華旅遊　ゴージャス旅行（りょこう）、豪華旅行（ごうかりょこう）

➡ 克難旅遊　貧乏旅行（びんぼうりょこう）

➡ 懷舊之旅　懐古の旅（かいこのたび）

➡ 醫療觀光　メディカルツーリズム

➡ 環保旅遊　エコツーリズム

◎ 一億総活躍社会（いちおくそうかつやくしゃかい）　一億人口總活躍的社會，安倍首相提出的政策口號。

◎ 少子高齢化（しょうしこうれいか）　少子高齡化

◎ 中山間地域（ちゅうさんかんちいき）　山坳地、丘陵台地

◎ 取り組み	極難翻成貼切的中文，可又常出現的用語。依前後文而定，大致可翻成致力於～、作法、策略、措施等。另一個較難翻的日文單字還有アプローチ。原意為接近的意思，但翻成中文時往往無法這樣翻，大致可翻成「方法」或「策略」。日文外來語可直接用平假名呈現，較之中文方便許多。
◎ ご多端の折	事務繁忙之際或公務繁忙之際
◎ かみしもを脱ぐ	脫下官服，意指恢復平民百姓的身份
◎ 胸襟を開いた交流	敞開胸襟進行交流，意指能坦率交換意見，知無不言，無言不盡
◎ 謦咳に接する	聆聽，（與尊貴的人）晤面
◎ ＴＰＰ（環太平洋経済連携協定）	跨太平洋經濟合作協定
◎ ＲＣＥＰ（東アジア地域包括的経済連携）	區域全面經濟伙伴協定
◎ ＦＴＡＡＰ（アジア太平洋自由貿易圏）	亞太自由貿易區
➡ ＮＡＦＴ（北米自由貿易協定）	北美自由貿易協定
➡ ＥＰＡ（経済連携協定）	經濟合作伙伴協定
➡ ＦＴＡ（自由貿易協定）	自由貿易協定

三、研討會、會議－無稿逐步口譯演練

目前大型國際研討會，大多以同步口譯的方式進行，甚或以多國語言接力同步口譯的形式來進行。亦即，橫跨好幾種外語，必須有人將其譯成中文，然後再以中文為基礎，各自譯成自己所負責的語言。不過，人數較少的研討會或產品發表會之類的場合，為節省經費開銷，有時也會以逐步口譯的方式進行。

以下，僅就不同形式的研討會提供幾則演練範例，作為學習者的參考。當然，因是以逐步口譯的方式進行，並不會向範例那樣，一整篇講稿全部講完後才讓譯者來傳譯。讀者諸君在做練習的時候，可以在適當的段落停頓，自我進行演練。其次，因為是口譯的關係，所以在遣詞用句方面，應盡量注意口語化，避免使用過於艱澀冷門的字眼。

〈中進日　逐步口譯演練〉

❖ 中文

日本交流協會台北事務所池田代表維、亞東關係協會羅會長福全、日本國際交流基金會小倉理事長和夫，以及專程由日本來臺出席本次會議的教授、台灣與會的專家、學者、各位貴賓大家好：

今天非常高興能代表教育部，歡迎「2006年台日學術國際交流會議」在台舉辦，共同探討台日間涉及政治、經濟、歷史與文化等多項議題。

台日兩國長久以來由於深厚的地緣及歷史因素，關係緊密不可分。兩國國民在經濟、貿易、交流、文化各方面長期交流，關係共存共榮，文化交流、體育交流、國際青年交流及產業技術交流各方面發展活躍，尤其在學術交流上，不論是日本學界研究臺灣，或是臺灣學界研究日本，皆卓有績效，研究領域亦不斷擴大，令人深感欣慰。

教育部對於日本之文教業務往來極為頻繁及重要，在戰前與戰後留學日本皆蔚為風潮，2005年約有1,700名學生於日本留學；為了提升高中學生的國際視野與外語能力，亦於高中階段開設第二外語選修課程，又以日語課程修讀最為踴躍，94學年度（2005年）約有139校開設567班，計有19,877名學生選修；去年，臺灣訪日旅遊人數達到118萬人次，日本來臺觀光人數亦突破112萬人，而我國高中職學生赴日進行國際教育旅行亦大幅成長，2005年有高達3,692名學生參與，而日本高中職學生來臺教育旅行人數亦有3,177人之多，兩國交流互訪人數今後預計將繼續增加。此外，明年將派遣我國學有專精的教授赴日本大學開設「臺灣研究講座」，以增進日本大學生對臺灣的認識與了解。

台日雖未有正式邦交，但我深信透過文化教育及學術交流當能建立堅固友好的關係，本人樂觀其成；本年「2006年台日學術交流國際會議」是去年「日本之臺灣研究國際學術研討會」的延續，規模更為盛大，參加本次會議之台日雙方學者，均為一時之選，甚為難得，本人由衷希望此類研討會能持續辦理，以加強雙方文化教育交流。教育部為了促進台日間學術交流進一步發展，今後也將更加努力。

最後，預祝本次會議能夠圓滿成功，並希望台日關係及學術交流能夠更加發展，並祝福各位來賓身體健康、萬事如意，謝謝各位！

❖ MP3 5-023

日本交流協会台北事務所の池田代表、亜東関係協会の羅会長、日本国際学術交流基金の小倉理事長、及びわざわざ日本からお越しくださった諸先生方、シンポジウムに参加される台湾の学者の方々、御来賓の皆様、おはようございます。

本日、教育部を代表致しまして、「2006年台日学術交流国際シンポジウム」が台湾で開催されたこと、並びに当シンポジウムで台日間における政治、経済、歴史、文化などに関するテーマが論議されることを歓迎し、お慶びの言葉を申し上げることができるのを光栄に思っております。

❖ MP3 5-024

台日両国は古くから地理的・歴史的な深い関連によって、密接で不可分な関係にあります。両国の国民は経済、貿易、教育や文化などの各分野において、長期的な相互交流を図り、ともに共存共栄的な絆を結んでおります。文化交流、スポーツ交流、若者の交流、産業技術交流等様々な交流も活発に行われております。特に、学術交流の上において、台湾における日本研究にしろ、日本学術界の台湾研究にしろ、その気風がともに高められ、優れた実績を上げていることと、研究分野も広がりつつあることを大変嬉しく思っております。

❖ MP3 5-025

そして、わが教育部も日本との文化及び教育事務上の往来は極めて頻繁で、かつそれを重視しております。皆様方もご存知のとおり、戦前と戦後を問わず、日本への留学は常にブームでありました。2005年には、約1,748名の学生が留学するために日本へ渡りました。昨年、台湾から日本を訪れた観光客は118万人になっており、これに対して、日本から台湾を訪問する観光客も112万人を突破しました。一方、現在台湾では、高校生の国際理解や外国語能力を高めるために、第二外国語は選択科目として履修されています。94学年度（2005年）には、139校が567クラスの日本語の授業を行い、計19,877名の生徒が受講しています。一方、台湾の高校生の日本への「修学旅行」も著しく成長しています。2005年には、台湾の参加者数は79校、3,692人にのぼり、それに対して、日本から台湾を訪問した高校生も94校、3,177人になりました。これから相互交流の訪問人数はもっと増えるものと思っております。また、日本の大学生の台湾に対する理解及び認識を一層向上させて頂くために、来年わが国で素晴らしい研究成果をあげられた教授を日本へ派遣し、大学で「台湾研究講座」を設置することも予定しております。

❖ MP3 5-026

台日両国は正式な国交関係はございませんが、文化、教育や学術の交流を通じて、堅固たる友好関係を築くことができると楽観視しております。今年の「2006年台日学術交流国際シンポジウム」は去年の「日本における台湾研究国際学術シンポジウム」の延長線上にあり、さらに拡大して行われるようになりました。本日の国際シンポジウムに出席される台日の方々はともに優れた学者ばかりであります。私は、このようなシンポジウムが是非とも今後も引き続き行われること、両国の文化・教育交流が一層深められること、そして双方の研究レベルが向上することを心から期待しております。教育部と致しましても、台日間学術交流の更なる発展のために、より一層努力して参りたい所存であります。

❖ MP3 5-027

最後に、本シンポジウムの成功をお祈りするとともに、台日関係及び学術交流の更なる発展と、御在席の皆様の御健勝をお祈りし、私の挨拶とさせて頂きます。どうもありがとうございました。

〈日進中　逐步口譯演練〉

❖ MP3 5-028

今日は。本日お集まり頂きました多くのお客様、お忙しい中、富士通アジアカンファレンスにご参加くださり、誠にありがとうございます。心より御礼申し上げます。

私は富士通台湾の責任者で池上一郎と申します。どうぞ宜しくお願い申し上げます。

本日、先ほど集計いたしましたところ、事務局より200名様を超えるご参加を頂いていると報告を受けました。

実は、富士通は毎年５月に東京で、また11月にはドイツのミュンヘン単独開催のソリューション展示会を開催し、延べ約３万名様のお客様にお集まりいただき、講演及びデモンストレーションの展示会を行っております。

MP3 5-029

台湾からも毎年お客様にご案内を差し上げ、東京にはおよそ40名様ほど、またミュンヘンにもパートナー様を中心にご参加いただくようにしております。

実を申しますと、今年は富士通100％の現地法人台湾富士通として20周年を迎える年となります。

この機会にこのようなカンファレンスを台北で開催することができ、また多くの台湾の皆様に富士通をご紹介できる機会を得ることができ、大変嬉しく思っております。皆様の日ごろのご愛顧のおかげでございます。重ねて厚く御礼を申し上げます。

後ほどの講演と重なってしまいますので、私から具体的なプロダクトやソリューションのご紹介、ご説明をすることは控えさせて頂きますが、現在台湾では国会や銀行様のような止めてはならない重要システムから、気象予報やコンビニエンスストアのお支払い会計業務のような暮らしに身近なシステムに至るまで、様々な情報処理業務のお手伝いをさせて頂いております。

◈ MP3 5-030

また、本日、皆様にご紹介させて頂く最先端技術を駆使したシステムにつきましても、台湾のみならず世界100カ国に渡る全富士通の総力を挙げてご支援させて頂けるよう日々努めてまいります。

「Shaping tomorrow with you」が私たち富士通のコンセプトです。

今日、ご紹介させて頂くソリューションも決して富士通だけで作ったものではありません。

富士通の情報システム技術を基礎とし、多くのお客様と一緒に考え、ご一緒に汗を流しながら作り上げてきたものです。

私は台湾にいて強く感じることがあります。

ひとつは、本日多くの皆様にお集まり頂けているように、本当に台湾の皆様は勉強熱心だということ。二つ目は、電子産業に代表されるように、世界に誇れる技術力をお持ちであること。

◈ MP3 5-031

もう一つは、ビジネス。お金を稼ぐことはとても重要と考えていらっしゃいますね。皆様。もちろん、私もビジネスは重要と考えています。でも、皆さん、私は台湾でよい仕事もしたいんです。

私にとってのよい仕事ということは、皆さんに喜んで頂けること、富士通と一緒に仕事をしてよかったと思って頂けるということなんです。

本日、講演のあと、networking sessionということで皆様と交流させて頂く時間も取っております。どうぞ皆様、「Shaping tomorrow with you」「Shaping tomorrow with us」です。

本日、どうぞ最後までお付き合い頂けますことをお願いいたしまして、私の挨拶とさせて頂きます。ご清聴ありがとうございました。

❖ 中文傳譯示範

今天，有許多先進在百忙當中，撥冗出席富士通亞洲會議，非常感謝，謹由衷表示謝忱。

個人是台灣富士通的負責人，名字叫做池上一郎。敬請多多指教。

根據剛剛統計的結果，秘書處跟我報告說，有超過200位嘉賓，參加今天的會議。

事實上，富士通每年5月在東京，另外11月在德國的慕尼黑，會單獨舉辦解決方案的展示會，共吸引超過三萬名左右的嘉賓蒞臨。此外，我們也會舉辦相關的演講會及實際操演的展示會。

我們每年也會寄發邀請函給台彎的客戶，在東京大會上約有40位參加，另外在慕尼黑的大會上，主要是以合作夥伴為主，也有許多人士出席參加。

其實，跟各位先進報告，今年是台彎富士通100%現地法人化後的20週年。

在這樣的時機點，能夠在台北舉行會議，又有機會向台灣眾多的先進介紹富士通，個人感到非常的榮幸。對於各位先進平常的愛護，再次表示深厚的感謝之意。

因為怕會跟稍後的演講內容重複，所以對於具體的產品或解決方案的介紹及相關的說明，我就不在此多費唇舌，但我要強調的是，現在包括從國會或銀行等無法停止運作的重要系統，到諸如氣象預報或便利超商的支付結算等會計業務在內，與我們日常生活息息相關的各種資訊處理業務，富士通皆有提供相關的協助。

此外，今天要向各位先進介紹的最新技術系統，並非只是台灣富士通的努力成果，而是結合在全世界100多個國家，整個富士通集團上下通力合作，每天盡心盡力希望能提供客戶最佳服務的努力成果。

「Shaping tomorrow with you」，是我們富士通的理念。

今天要向各先進介紹的解決方案，並非全是富士通開發的產品。

而是以富士通的資訊系統技術做為基礎，與許多客戶共同思考，共同辛苦流汗成功開發的商品。

個人在台灣工作，有幾點強烈感受。

第一，就如同今天有許多先進出席會議一樣，台灣的先進真的非常熱衷於學習。第二，如同電子產業所代表般，台灣擁有全世界都讚譽有佳的技術能力。

另外一點，就是商務方面。各位都認為賺錢很重要，對吧！當然，我也認為做生意很重要。但是，各位先進，我也想在台灣做好我的工作。

對我個人而言，所謂的做好工作，是指能讓客戶滿意，認為跟富士通在一起工作是一件很棒的事情。

在稍後演講結束後，我們也安排與各位先進，進行networking session交流的時間。請各位先進與我們共同「Shaping tomorrow with you」「Shaping tomorrow with us」。

期盼各位先進，能與我們共同待到會議結束後，以上是我個人的簡單致詞，感謝各位的聆聽。

〈解析〉

或許讀者諸君此時已經發現，怎麼制式的講話方式及內容大同小異。可是話說回來，這種制式的講話方式，要練到爐火純青並不是一件容易的事，是要經過多少次學習及累積多少次臨場經驗才有辦法得心應手。「用功學習，才是成功的唯一保證」，已經在口譯工作行列的學習者，敬請不要氣餒，百尺竿頭，更進一步，請繼續努力加油！

四、演講、專訪－無稿逐步口譯演練

一般台日合資或技術合作企業的內部會議，或在做各式簡報時，大都會採取逐步口譯的方式進行。此外，像專訪或專題演講時，也常以逐步口譯的方式進行。事實上，筆者有多位學生在日系企業工作，其平常的工作內容就是擔任社內的傳譯及筆譯工作。筆者常會建議其把握每一次上場的機會，認真的準備，累積更多的能量及膽識後，將來有機會時就可以跳出來做「自由口譯者（フリーランス）」了。

本書為學習者利用方便，雖然將內容分成各種場合的逐步口譯，包括有稿逐步口譯及無稿逐步口譯等部分，然歸根究底，還是不出要精通各種不同領域的單字及具備各種領域的相關知識。亦即，要博覽群書又要能記憶超群，上知天文下知地理，讓自己成為一個萬事通才行。

以下僅就大會及專訪形式，試舉例作為學習者，自行演練參考之用。

〈日進中　逐步口譯演練〉

MP3 5-032

ご来賓の皆様、台湾日本人会、台北市日本工商会会員の皆々様。新年明けましておめでとうございます。

台北市日本工商会を代表いたしまして、一言ご挨拶させて頂きます。まず、この新しい年、2016年、民国105年を、ここ台湾の地において、皆様と一緒に迎えられたことを共にお祝いしたいと思います。

また、日ごろより工商会の諸活動に対し、ご理解、ご協力を頂き、深く感謝申し上げます。この場をお借りし、厚く御礼申し上げます。ありがとうございます。

❖ MP3 5-033

日本は、1990年初頭のバブル崩壊以降、失われた20年を経験してまいりましたが、安倍政権の「アベノミクス」のもと、大胆な金融政策、機動的な財政政策が実行され、この3年間、日経平均株価の上昇、円高の是正に代表されるように、新たな経済成長への期待を抱かせる環境が整って参りました。確かに2015年のGDP成長率が従前(じゅうぜん)の予想を下回るなど、いまだ不透明感が漂い、その成果があまねく実感されているとまでは言えない面もあります。しかしながら、日本企業の経常利益は過去最高を更新し、日本に訪れる外国人数が過去最高を大幅に更新したことなど、依然まだら模様ではありますが、日本経済が着実に前進していると考えております。本年2016年は、年初から中東における地政学的なリスクの高まりが懸念されております。さらには、中国経済の減速懸念、原油安など不安定要素は多々ございますが、アベノミクスの後半戦である「アベノミクス2.0」のもと、芽生えつつあるこの経済の好循環を、着実に深化させる年としなくてはならないと考えております。

❖ MP3 5-034

一方で、日台の経済及び文化交流は、日本全体が長期にわたり停滞していた中においても、一足先（ひとあしさき）に確実に発展してきております。先人の方々、また、現在国家レベル、民間レベルで日台関係に関わられている多くの方々のご努力により、昨今の日台関係は過去最高と言えるほど緊密な関係にあると感じております。ここ数年、日本から台湾への投資件数は高水準を維持しており、円安等を背景に台湾から日本への投資も増えてきております。昨年11月に日台間で租税協定が締結されましたが、本協定による二重課税の解消等により、今後こうした流れにさらに拍車がかかることが期待されます。

MP3 5-035

また、日本各地の公共団体や商工会議所、諸団体等の訪台、台湾の経済団体、企業団による日本訪問も従来以上に活発になっております。

こうした経済面の交流のみならず、昨年８月に行われた宝塚歌劇団の第２回台湾公演が、再び台湾の方々の深い共感を得て大成功を収めたこと、日台間の人的往来が過去最高の500万人を突破したことなど、正に政府レベルから、民間、草の根に至るまで各階層において、意味深い交流が行われており、これからもこの素晴らしい関係のますますの発展、浸透が進んでいくことを確信しております。

MP3 5-036

私ども台北市日本工商会は、「モノを言う工商会」、会員にとって「役に立つ工商会」を目指しつつ、微力ながら日台の経済発展にもお役に立ちたいと考えております。昨年も１５の業種別専門部会による活動、六つの委員会活動による会員活動を活発に行い、台湾政府に対する白書の提出は７回目を数えました。今回の白書においては、「国内経済の改革」「政策決定プロセスの透明化と政策の継続性」「日台経済の連携の強化、推進」「日台政府間の対話継続」「グローバル化経済への対応」の５点について、従来以上に踏み込んだ政策提言をさせていただいております。先に触れました日台間の租税協定の締結も、工商会として長年にわたり要望をさせていただいたところであります。

MP3 5-037

一方で、日本産食品輸入規制問題に代表されますように、まだまだ解決すべき課題も山積しております。工商会といたしましては、本年も個別の活動を積み重ね、日台関係の更なる発展のために、これまで以上に「モノを言う」、「役に立つ」工商会として大きく成長していくことを目標に努力して参ります。その際には、台湾日本人会と強力なタッグを組みつつ、また、台湾の関係者の皆様のご協力を仰ぎつつまい進して参りますので、引き続き、ご来場の皆様全員のご支援、ご協力の程、何卒宜しくお願い申し上げます。

最後に、本日お集まりの皆様のご健勝とご発展、そして、日台の絆がさらに深く強いものになっていくことを祈念致しまして、私からのご挨拶とさせていただきます。ありがとうございました。。

❖ 中文傳譯示範

各位貴賓，台灣日本人會及台北市日本工商會，各位會員先進，新年快樂。

個人謹代表台北市日本工商會簡單致詞。首先，在新的一年，2016年，民國105年，能在台灣與各位先進，一起迎接新年共同慶祝，感到非常高興。此外，平常渥蒙各位先進對工商會各項活動的支持，特申謝忱。個人謹再度藉這個場合，表示深厚的謝意，感謝各位。

日本自從1990年初期泡沫經濟崩潰以來，雖然歷經了失落的20年，但在安倍政府「安倍經濟學」的主導下，執行大膽的金融政策及採取機動性的財政措施，這三年來，如日經指數上揚，修正日圓升值等措施所顯示般，讓人對新經濟成長懷抱期待的雰圍已然形成。的確，2015年GDP成長率比先前的預估還要下滑，前景依舊不明朗，而且改革的成果尚未普遍讓人民有感也是事實。不過，日本企業的經常性盈餘已更新過去的最高紀錄，此外到日本旅遊的外國旅客人數也大幅更新過去的紀錄等，雖然依舊前景未明，但日本經濟確實已開始往前邁進了。今年2016年，一開年，中東地區在地緣政治上，就發生許多令人擔憂的事件。再加上中國經濟成長速度放慢，以及原油價格疲軟等不確定因素，個人認為在安倍經濟學的後半場，亦即在「安倍經濟學2.0」的主導下，開始發芽茁壯的這種好的經濟循環，我等必須確實的讓其繼續深化才行，因此今年是非常重要的一年。

另一方面，日台經濟及文化交流，儘管日本經濟長期停滯不前，與之相較，確實在文化交流上，有超越經濟表現的跡象。此完全拜前輩們及政府與民間部門，從事與日台關係工作的諸多先進們，共同努力所獲致的結果。目前的日台關係較諸以往，可說已達到空前最佳及最為緊密的階段。這幾年，日本對台投資的件數一直維持在高水平上，又因為日幣貶值等因素，台灣對日投資也呈現成長趨勢。去年11月，日台間簽署租稅協定，根據該協定的規定，終於解決雙重課稅等問題，今後也期待這種良好的勢頭能再加速推動。

此外，日本各地方政府及商工會議所及其他團體的訪台，以及台灣經濟團體及企業團體的訪日，都比以往來得更加的熱絡。

不僅是經濟層面的交流而已，去年8月寶塚歌劇團第二次台灣公演，再次擄獲台灣各界人士的共鳴，極為成功。且日台間的人員互訪，已突破500萬人次，真正的做到從政府到民間、草根團體等各個階層，都在進行深度的交流，個人也確信未來這種良好的關係會越發開展，滲透到各個層面。

台北市日本工商會，將朝「敢言的工商會」，對會員是「能幫得上忙」的工商會去努力，雖然還力有未逮，但期盼能對日台的經濟發展有所貢獻。去年，我們舉辦了15種不同業種別的活動，以及六次委員會的活動，並熱鬧的舉辦相關會員活動，且對台灣政府提出第七次的建議白皮書。這一次的白皮書，就「台灣國內經濟的改革」、「政策決定過程的透明化及政策的延續性」、「強化推動日台經濟合作」、「日台政府間持續進行對話」、「因應全球化經濟的變局」等五項，較之從前，更加坦率的提出許多建言。方才所提到的日台間簽署租稅協定，也是我等工商會長期努力盼望的提案。

另一方面，如同日本食品進口管制問題所顯示般，尚未解決的問題，仍堆積如山。工商會，今年也會舉辦多次的個別活動，為日台關係更上層樓的發展，朝建立更「敢言」、「更有用」的工商會目標，努力前進並成長茁壯。屆時，希望能與台灣各界人士組成強而有力的合作團隊，此外也希望能獲得台灣各界人士的鼎力支持並共同邁進成長，未來也敬盼能獲得在場所有先進的支援及協助，敬請各位先進多多指教。

最後，敬祝所有在場的各位先進，身體健康，事業發達，並祝日台的厚重情誼，能更加鞏固深化。以上簡單致詞，謝謝大家。

人生の黄金時代は老いていく将来にあり、過ぎ去った若年無知の時代にあるにあらず。

人生的黃金時代在老後的未來，而非過往年幼無知的年代。

〈專訪　逐步口譯演練〉

Q 総統は、現在の日台関係をどう見ていますか。今後はどのような分野で日台関係の強化を図りたいとお考えですか。指導者としての安倍首相をどう評価しますか。

❖ 中文傳譯示範

總統，您如何看待目前的台日關係？又，今後希望在哪幾個領域加強台日關係？還有您對安倍首相身為領導人的評價如何？

A 台日間不論就地理、歷史、人民友好情感及實際交流往來而言，其關係之緊密確實有別於他國。本人520上任之初，感謝安倍首相及菅義偉官房長官立即表達賀意。此外，本人在此也要特別感謝日本政府今年也公開發言支持我參與國際民航組織（ICAO），並致函ICAO主席表達支持我國參與本年大會。

近年台日間每年貿易額約達600億美元，今年雙邊互訪人數更可望達到600萬人次。在既有的穩固交流基礎上，本人深盼未來進一步與日方在經貿、科技、城市交流、海洋合作、培養次世代台日交流人才，乃至區域安保等各面向加強合作關係。

安倍首相係國際間具有遠見及堅強意志之卓越領導人，期盼日本在安倍首相領導下，持續加速台日關係發展進程，並盼安倍首相秉持追求和平理念，以前瞻性思維對亞太地區乃至全球之安定與繁榮作出貢獻。

◈ 日文傳譯示範

台日間は、地理的にしても、歴史的にしても、あるいは国民同士の親近感及び実際の交流から言えば、その関係の緊密ぶりは、確かにその他の国々と違います。私が、5月20日就任した早々、安倍首相と菅義偉官房長官がすぐに祝意を表してくださいました。また、私もこの場を借りて、日本政府が今年もわが国の国際民間航空機関（イカオ）への参加を公の場で支持する意を表明してくださり、なお、イカオの議長宛てに、わが国今年の年次総会への参加を支持するように書簡を出しました。

近年になって、台日毎年の相互貿易高が600億ドルにのぼり、今年の人的往来が600万人を超えると見られています。既存の堅い交流の基礎の上において、これから日本と貿易経済や科学技術、地方自治体との交流、海をめぐる協力、次世代の台日交流の人材を育てる、ないし地域安全保障等の分野において、協力の関係をさらに強化していきたいと厚く希望しています。

安倍首相は、国際間で遠い将来を見る目とぶれない意志を持ってらっしゃる優れた指導者であり、日本が安倍首相のリードのもとで、引き続き台日関係の発展をご支持いただき、また、安倍総理が平和を追求する理念を踏まえながら将来性のある思考でアジア太平洋地域ないしグローバル的な安定と繁栄のために、大いに貢献して頂きたいと期待しています。

Q 日台間の建設的な動きとして注目されている「日台海洋協力対話」は、いつ、どのようなタイミングで始められるお考えですか。

❖ 中文傳譯示範

咸認台日間的「台日海洋事務合作對話」，具建設性且頗受矚目，請問將在何時及什麼時機點舉行？

A 「台日海洋事務合作對話」首次會議原訂於本年7月底召開，惟因會議涵蓋議題廣泛，包括漁業合作、海上急難救助及海洋科學研究等項目，涉及諸多部會，我方認為需要更多的充分準備，方能有助於會議達成具體成果。

目前我國相關部會已完成對該項會議議題之各項準備工作，並與日方就新的開會日期進行協商中，雙方可望在近期內，共同對外宣布會議日程及相關訊息。

❖ 日文傳譯示範

「台日海洋事務をめぐる協力対話」の第1回会議は、そもそも今年の７月末に開催される予定だったんですが、会議の議題が幅広く、漁業協力、海上救助及び海洋科学研究等の議題が含まれおり、超省庁の所管業務と関わっているため、わが方としては、もっと多くの準備時間が必要だと思い、そうしたことによって会議の具体的な成果をあげることに資すると思っています。

現在、わが国の関係省庁はすでに本件の会議開催の準備作業を完了し、また日本側と新しい会議開催の日程について協議しているところであり、双方が近いうちに対外的に会議開催の日程やそれに関する情報を発表する見込みだと思います。

Q 蔡政権が発足して４ヶ月あまりが経ち、中国による政治圧力や経済的な締め付けが厳しくなっています。総統は今後、中国の圧力に対し、どう折り合いをつけて中台関係を安定させ、経済成長を果たすお考えでしょうか。

❖ 中文傳譯示範

蔡總統執政已逾4個多月，來自中國大陸的政治壓力及經濟打壓也日益嚴峻。總統今後將採何種措施，因應來自中國大陸的壓力，用以穩定兩岸的關係及促進經濟成長？

A 維繫兩岸關係和平穩定符合雙方利益，也是共同的目標與責任。520以來對岸採取相關作為抵制我方，造成兩岸互動的若干障礙與壓力，然而我們堅定維護臺海和平穩定現狀的立場不變，期以善意溝通化解分歧，形塑一個健康、正常的兩岸關係。

當前兩岸關係的務實開展，需要雙方的智慧與耐心，思索可能的路徑與方向。我政府已多次強調，遵照憲法、兩岸人民關係條例與民主機制處理相關問題。中國大陸必須慎思如果採取對立與對抗方式，絕對無助於解決問題，亦將使兩岸漸行漸遠。

我上任後，政府除致力推展兩岸關係外，也以新思維擘劃臺灣經濟改革的方向，對內積極推動五大創新產業，調整臺灣經濟結構，強化臺灣經濟的活力與自主性，對外加強和全球及區域的鏈結，積極參與多邊及雙邊經濟合作及自由貿易談判，包括TPP、RCEP等，並推動新南向政策，提升對外經濟的格局及多元性，告別以往過於依賴單一市場的現象。

日文傳譯示範

両岸関係の平和と安定を維持させることは双方の利益に合致しており、また共同の目標と責任でもあります。５月２０日以来、向うが一連の措置を取って台湾を締め付けており、両岸の交流に対して若干の障害と圧力を形成しつつありますが、我々の台湾海峡の平和と安定の現状を維持させる立場が変わりはないし、善意をもって意思疎通を図ることによって食い違いを解消し、健康的でかつ正常な両岸関係を構築していきたいと考えています。

目下、両岸関係の実務的な協議再開は、双方の知恵と我慢強い根気が必要であり、共同に実現可能なロードマップやその方向性について話し合わなければなりません。わが政府としては、これまで何度も強調してまいりましたが、憲法を遵守し、及び両岸人民関係条例と民主主義的なメカニズムを踏まえて関連の問題を対処すると主張しています。中国大陸は、対立と対抗の方式を取れば、絶対に問題解決に役に立たないし、また両岸もどんどん遠ざかって行くことをよく考えて頂きたいと願っています。

私が就任した後、政府が両岸関係の発展に取り組んでいるほか、また新しい考えで台湾これからの経済改革の方向性について計画を練っており、対内的には積極的に五大イノベーション産業を推進し、台湾の経済構造を調整しながら、台湾経済の活力と自主性を強化していこうと考えています。また、対外的には、グローバルと地域とのリンクを一層力を入れ、前向きなスタンスで多国間或いはバイ経済連携と自由貿易交渉に取り組んで行く所存であります。それは、ＴＰＰやＲＣＥＰ等を含め、また新南向政策を推進して、対外的な経済スケールと多元性を向上させ、これまでの単一市場に依存しすぎる現象を離脱したいと考えています。

Q 中台関係について、李登輝元総統はかつて「特殊な国と国との関係」と表現しました。陳水扁氏も「一辺一国」とするなど、歴代指導者はそれぞれの言葉で、中台関係を説明しました。李氏のブレーンを勤めた蔡総統は、あるべき中台関係をどのように表現しますか。「一つの中国」をめぐる「1992年合意」に代わる新たな合意が必要だとすれば、どのような考えに基づくべきですか。

❖ 中文傳譯示範

有關兩岸關係，李登輝前總統曾以「特殊的國與國關係」表述，陳水扁前總統亦曾提出「一邊一國」的口號，歷任領導人各自用不同方式來表述兩岸關係。蔡總統曾任李前總統的智囊，請問如何表述目前的兩岸關係？又，倘有取代涉及「一中」的「92共識」作為新共識的必要，應基於何種想法提出？

A 政府已多次強調，將在既有歷史事實及政治基礎上，堅定維護兩岸關係的和平穩定現狀，並根據中華民國憲法、兩岸人民關係條例及相關法律，處理兩岸事務。對於兩岸關係發展的重要內涵已有明確闡述。政府尊重1992年兩岸兩會溝通協商達成若干共同認知與諒解的歷史事實。我們認為，回歸到這個歷史事實是我們回應中國大陸訴求的重大善意表示；也呼籲大陸方面放下歷史包袱，透過不設前提且建設性的溝通與交流往來，化解分歧，找尋共同的認知與諒解，創造兩岸穩健和諧互動的有利條件。

❖ 日文傳譯示範

政府が何回も強調したように、既存の歴史事実と政治基礎の上において、海峡両岸の平和と安定の現状を堅く維持して行く、また、中華民国憲法と両岸人民関係条例にのっとって両岸事務を処理します。両岸関係発展の重要な中身について、すでに明白に表明しました。

政府は、1992年の両岸両協会が協議を通じて達成された若干の共同認識と理解があったことの歴史的な事実を尊重します。我々は、この歴史的事実に回帰することは、我々の中国大陸の要求にフィートバックする最大な善意であり、中国大陸が歴史的な荷物をおろして、前提を設けずに、かつ建設的な意思疎通と交流を通して、食い違う点を解消し、共通の認識と相互理解を求め、両岸の安定した相互連動の有利な条件を作り上げていこうのではないかと呼びかけします。

Q 台湾の民主化後に育った、いわゆる「天然独」の世代は、「中国と台湾は別」と考え、強い「台湾人意識」を持っています。総統は、彼らの考えに共感しますか。将来の中台の指導者は、安定した両岸関係に向け、この世代とどう向き合い、どんな政策を講じるべきでしょうか。

❖ 中文傳譯示範

台灣民主化後，長大成人的所謂「天然獨」世代，認為「台灣與中國大陸不同」，具有強烈「台灣人意識」。總統是否認同他們的想法？未來兩岸的領導人，為穩定兩岸關係，應如何面對該世代，並應採取何種政策？

A 臺灣是一個自由、民主、多元文化的社會，各種意見都可能併存。臺灣年輕的一代，出生在臺灣，成長在臺灣，他們對這塊土地的親近與熱愛，是毋庸置疑的；但無論年輕一代的自我認同為何，期待兩岸關係維持和平穩定發展應是相同的。

自我上任以來已一再重申，在尊重1992年事實及既定政治基礎上，處理兩岸事務，致力維持兩岸關係和平穩定的現狀，此亦獲得國內主流民意的支持，未來我們會持續堅定推動此一政策方向。希望中國大陸正視兩岸制度發展存在差異，雙方相互尊重與理解，期以穩健步伐調整雙方關係，累積互信，尋求兩岸最大可能的合作空間，並建立和諧良性的兩岸關係。

◇ 日文傳譯示範

台湾は、自由、民主、多元的文化を有する社会であり、各種の意見が並存することが可能です。台湾の若い世代は、台湾で生まれ台湾で成長してきました。彼らは、この土地に対する親近感と熱愛する気持ちは疑う余地のないことであり、若い世代のアイデンティティーは如何なものにせよ、両岸関係の平和と安定発展を維持して行く願望は同じだと思います。

私が就任して以来、繰り返して申し上げていますが、1992年の事実と既存の政治基礎の上において、両岸事務を処理し、両岸の平和かつ安定な現状を維持して行くことに取り組み、これも国内の主流民意の支持を得ており、これから我々が引き続き、しっかりとこの政策を推進して参ります。中国大陸が両岸の制度発展にギャップが存在していることに正視していただき、双方が相互尊重と理解を求め、しっかりとした歩調で双方の関係を調整し、相互信頼を積み重ねることによって、両岸最大の可能性のある連携の空間を追求し、協調でかつ良性的な両岸関係を構築して行くことを希望しています。

Q 南シナ海や東シナ海などで、中国が海洋活動を活発化させ、領有権をめぐる主張を強めています。周囲との緊張を緩和し、解決に導くにはどうすべきでしょうか。

❖ 中文傳譯示範

中國大陸刻正在南海及東海加強其海洋活動，藉以強化其主權主張。應如何處理方能紓緩與周邊國家的緊張及解決該問題？

A 東海及南海議題牽涉到東亞地區的安全情勢。對於中國大陸的行動，我國不予評論。不過，中華民國作為國際社會負責任的成員之一，一向主張相關海域爭端應依據國際法和海洋法的原則和精神，以和平方式解決；相關國家包括臺灣在内，有義務維護東海及南海的航行和飛越自由。同時，我主張以「擱置爭議，共同開發」方式處理東海及南海爭端，而且我國願在平等協商的基礎上，和相關國家共同促進東海及南海穩定，保護並共同開發東海及南海資源。

此外，臺灣向來主張透過多邊協商，和平解決相關海域爭端，我國更應以平等地位獲納入相關多邊爭端解決機制。未來，我國希望能迅速與相關各方展開多邊對話，並就東海及南海的環境保護、科學研究、打擊海上犯罪、人道援助與災害救援等非傳統安全議題建立機制，共同維護東海及南海地區的和平與穩定。

❖ 日文傳譯示範

東シナ海と南シナ海問題は、東アジア地域の安全情勢と絡んでいます。中国大陸の行動に対して、わが国はコメントを控えさせて頂きます。しかしながら、中華民国は国際社会の責任あるステークホルダーとして、ずっと前から関連水域の係争は国際法と海洋法の原則と精神に基づき、平和的な手段で解決すべきだと主張しています。また、関係諸国、台湾を含めて、東シナ海と南シナ海の航行自由を維持していく義務があります。それと同時に、わが方は、「係争を棚上げ、共同開発」の方式で東シナ海と南シナ海をめぐる係争を解決しなければならないと主張しています。わが国としては、平等協議に基づいて関係諸国と一緒に東シナ海と南シナ海の安定を促進させ、東シナ海と南シナ海の資源を保存し、共同開発に取り組んでいきたいと考えています。

そのほかに、台湾はずっと前から多国間協議を通して、平和的に関連水域をめぐるトラブルを解決し、わが国が平等な立場で多国間紛争解決メカニズムに盛り込まれるべきだと主張しています。将来、わが国は早急に各関係国とマルチ対話を展開することを望んでおり、東シナ海と南シナ海の環境保全や科学研究、海での犯罪への取締り、人道救助、災害支援等の非伝統的な安全保障の課題についてメカニズムを構築し、共同に東シナ海と南シナ海の平和と安定を維持するのに取り組んでいきたいと希望しています。

Q 米国で来年1月に誕生する新政権の外交・安全保障政策は、台湾の安全にも影響を与えます。近年の米国は、台湾関連で中国に配慮するケースが増えているとの指摘があります。軍を統帥する総統として、現在の中国の軍事力と台湾の防衛力をどう分析していますか。米国とはどのような方針で連携し、防衛力強化を進めるお考えですか。

❖ 中文傳譯示範

美國新政府將於明年1月誕生，其外交、安全保障政策亦將影響台灣的安全。有人指出，近年美國在涉台事務顧及中國大陸的案例增加。身為三軍統帥的總統，如何分析目前中國大陸的軍事實力與台灣的防衛能力？未來與美國將以何種方式進行合作，並強化台灣本身的防衛能力？

A 從多方資料顯示，近二十年來中國大陸軍事發展在「質」的部分，已有顯著的改變與提升，另「量」的部分，未因組織或數量削減而降低其作戰能力，從近年中共戰機、艦船在鄰近我東部的西太平洋海域，多次舉行軍事演習，即能看出；另中國大陸在東海、南海等區域，應對美國及日本之軍事活動，亦有增無減。整體而言，顯見中國大陸持續奠基「反介入／區域拒止」戰力。

我國秉持「自主防衛」精神，國軍已在臺、澎、金、馬等地區深耕60餘年，對周邊戰場環境已掌握詳盡，同時在武器裝備更新、人員素質提升及嚴格軍事訓練下，已建構有效嚇阻戰力，相信國軍有能力也有信心，可抵禦中共軍事威脅。

美國是我國最重要之安全與經濟夥伴，且台美雙方之安全合作與軍事交流已有制度化交流管道，未來不論美國何黨執政，我國相信美方仍將信守「臺灣關係法」及「六項保證」，並就我「國防自主」提供必要之協助，俾利我建構自我防衛之能力。

❖ 日文傳譯示範

各方面から得た情報に示されたように、ここ20年来、中国大陸の軍事発展が「質」のほうにおいて、明らかに変化があり、大幅に向上されてきました。また、「量」のほうにおいて、組織や数が削減されたことによって戦力が低下したことはありません。これは、近年になって、中共の戦闘機や戦艦がわが東部に隣接する西太平洋水域で度重ねに軍事演習を行ったことから見てもお分かりかと思います。また、中国大陸が東シナ海、南シナ海等の水域で、米国及び日本に対抗するための軍事活動も増え続けています。全体から言えば、中国大陸が引き続き自分自身の「Ａ２／ＡＤ」の戦力を向上して行くだろうと思います。

わが国は「専守防衛」のスタンスを踏まえて、国軍が台湾本島、澎湖、金門、馬祖等の地区で60年あまり耕してまいりましたので、周辺戦場の環境が十分掌握しており、それと同時に、兵器の更新や兵士の質の向上、及び厳しい軍事訓練のもとで、すでに有効な抑止力を構築し、国軍がそういった能力があり、また自信もあり、中共からの軍事脅威に防衛できると信じています。

米国はわが国にとって最も重要な安全保障と経済的パートナーであり、さらに台米間の安全保障と軍事交流は、すでに制度化された交流のチャンネルがあり、将来、米国はどの政権が誕生しても、わが国としては、米国が依然として「台湾関係法」及び「六項目の安全保証」を履行すると信じており、そして、わが国の「自主防衛」のために、必要とする協力を提供して、わが国の自己防衛のキャパシティーを支援してくれると信じています。

〈解析〉

筆者上述所舉兩例，其中有許多專有名詞及政策口號，希望讀者在對照範例參考演練時能注意其用法。其次，專訪的部分為節省篇幅，將事先拿到的提問單，照單登錄並將其翻成中文以示參考，並未將專訪過程中寒暄及輕鬆閒聊的部分呈現在書中，這也是將有聲物變成文字較難處理的部分。

總之，無論任何形式的逐步口譯，不外乎是要辭能達意，用語正確精準，忠實的扮演聽者與講者間溝通的橋樑角色。知有涯而學無涯，學然後知不足，持續的學習並吸收新知，是這一個行業保持實力不墜的不二法門。

1. **口譯的理論與實踐**－周兆祥、陳育沾著－台灣商務印書館發行
2. **常見中日時事對照用語**－蘇定東著－鴻儒堂出版社發行
3. **應用日語寫作格言**－蘇定東編著－擎松出版社
4. **口譯技巧－思維科學與口譯推理教學法**－劉和平著－中國對外翻譯出版公司
5. **実践日中翻訳用語ハンドブック**－小山弘編著－東方書店
6. **貿易用語辞典**－上坂酉三、朝岡良平著－東洋経済新報社
7. **語学を生かす仕事カタログ**－イカロス出版
8. **司会者ハンドブック**－永崎一則著－ＰＨＰ研究所
9. **現代用語基礎知識**－自由国民社出版
10. **中日口譯入門教程**－楊承淑編著－致良出版社
11. **中華民國總統府網站**
12. **台灣週報**－台北駐日經濟文化代表處日文網站

◆ 蘇　定　東

學歷：日本國立筑波大學地域研究科日本研究專攻碩士

中國文化大學日本研究所肄業

中國文化大學日文系畢業

現職：外交部公衆外交協調會特語翻譯科資深日文翻譯

（總統、副總統、行政院長、立法院長、各部會首長等政要之日文翻譯官。歷任陳水扁總統及馬英九總統、蔡英文總統暨歷任行政院長及立法院長等政要之日文翻譯官）

兼任：中國文化大學推廣部中日口、筆譯課程講師

外交部外交學院日語口譯課程講師

台中科技大學日本市場暨商務策略研究所兼任教授

淡江大學日本研究所業師講座

曾任：中國文化大學日文系兼任講師

中國廣播公司海外部日語節目編導兼日文播音員

（現中央廣播電台）

國立空中大學日文課程講師

故宮博物院日語解說員

著作：常見中日時事對照用語（鴻儒堂出版社）

應用日語寫作格言（擎松出版社）

日本語能力測驗一至四級共四冊（漢湘出版社）

中日逐步口譯入門教室（鴻儒堂出版社）

中日同步口譯入門教室（鴻儒堂出版社）

譯作：遠藤周作小說精選集（故鄉出版社）

二十一世紀的外食產業（故鄉出版社）

宗教法人之法律與會計（內政部出版品）

宗教法人之法律問題（內政部出版品）

宗教法人之法律諮詢問答（內政部出版品）

宗教法人之登記與實務（內政部出版品）

宗教法人登記實務（內政部出版品）

新地方自治制度之設計（內政部出版品）

日本市町村之合併（內政部出版品）

日本政黨政治資金規正法（內政部出版品）

日本溫泉法規（內政部出版品）等

口譯經驗：

2000年、2004、2008、2012、2016年總統就職演說翻譯暨同步口譯、台日經貿會議、台日漁業會談、台日電子商務、台日環境會議、台日航空協定談判、台日投資保障協議、總統與日方視訊會議、台日電波干擾視訊會議（WIMAXX）、台日食品加強管制措施會議、東亞經濟會議、富士通系統解決方案相關研討會、EPSON年度大會暨研討會、台灣國際照明科技展研討會、台日論壇、台日經貿會議、台美日三邊關係國際研討會、台灣東部國際觀光研討會、松煙文創園區色彩行銷創意廣告、台北美術館藝術雙年展、國美館藝術雙年展、台南綠建築研討會、內政部建築研究所研討會、氣候變遷國際研討會、高科技管制貨品研討會、台日租稅協定、臨床用藥研討會、台日火力發電廠暨核能政策研討會、日本新防衛政策及東亞海域爭端研討會、台日物流會議、扶桑蓬萊交流座談，港灣國際研討會，南方農業論壇，日本天皇華誕酒會，台日地方交流司儀兼傳譯，政要接見傳譯、各式典禮宴會司儀兼傳譯（日本天皇華誕慶祝酒會、台灣日本人會暨台北日本工商會新年酒會）、日本教育論壇演講暨口譯、富士通論壇、瑞穗總合研究所研討會、電視專訪傳譯、國防、外交、政治、醫學、經貿、環保科技、文化、產業、法政、歷史學會傳譯、隨政要赴日訪問傳譯、正副總統暨行政、立法院長接受媒體專訪傳譯、消防、法律、世界不動產年會等相關同步口譯，半導體及健康醫療等相關產業，各式產業商談會，招商大會，每年約做150場左右口譯，累計超過二千場次以上的口譯經驗。

國家圖書館出版品預行編目資料

中日逐步口譯入門教室 / 蘇定東編著. -- 增修一版. -- 臺北市 : 鴻儒堂, 民106.09
面 ; 公分
ISBN 978-986-6230-32-5(平裝附光碟片)

1.日語 2.口譯

803.1 106013085

中日逐步口譯入門教室　增修版

附MP3 CD一片，定價：500元

2017年（民106年）9月增修一版
本出版社經行政院新聞局核准登記
登記證字號：局版臺業字1292號

著　　　者：蘇　定　東
封 面 設 計：吳　偵　瑩
發　行　所：鴻 儒 堂 出 版 社
發　行　人：黃　成　業
地　　　址：台北市懷寧街8巷7號
電　　　話：02-2311-3823
傳　　　真：02-2361-2334
門　　　市：台北市博愛路9號5樓之1
郵 政 劃 撥：01553001
E-mail：hjt903@ms25.hinet.net

法律顧問：蕭雄淋律師